By the Seaside

海风电影院

吴忠全 著

中信出版集团 | 北京

图书在版编目（CIP）数据

海风电影院 / 吴忠全著 . -- 北京：中信出版社，
2019.4
　　ISBN 978-7-5086-9775-8

　　Ⅰ.①海…　Ⅱ.①吴…　Ⅲ.①游记—作品集—中国—
当代　Ⅳ.① I267.4

中国版本图书馆 CIP 数据核字（2018）第 267044 号

海风电影院

著　　者：吴忠全
出版发行：中信出版集团股份有限公司
　　　　　（北京市朝阳区惠新东街甲 4 号富盛大厦 2 座　邮编　100029）
承　印　者：北京汇瑞嘉合文化发展有限公司

开　　本：880mm×1230mm　1/32　　印　张：6.5　　字　数：150 千字
版　　次：2019 年 4 月第 1 版　　　　印　次：2019 年 4 月第 1 次印刷
广告经营许可证：京朝工商广字第 8087 号
书　　号：ISBN 978-7-5086-9775-8
定　　价：49.80 元

版权所有·侵权必究
如有印刷、装订问题，本公司负责调换。
服务热线：400-600-8099
投稿邮箱：author@citicpub.com

目录

01 海风电影院

13 云下的日子

23 曾云海绿

35 一地深秋

49 岛屿云烟

61 你不要担心

73 我点燃那炉火

85　　这是一个不能停留太久的世界

95　　春雨几时休

109　　台风偶尔过境

117　　堕落的飞翔

131　　在天鹅顶上游荡

187　　所有的江河都会入海

海风从远处吹来,喝一罐冰啤酒,

发觉这人间的悲欢看一看也无妨。

如同看一场电影,也不必为主角担心太久。

海风电影院

一

我在小岛上闲逛，天还没全黑，商业街上的人不算多，店铺已早早地亮起了灯，像是把黄昏接过手来，一直暖黄下去。

我肚子饿了，看到一家小店门前摆着从中间切开的大龙虾，红色的壳，白色的肉，看着就挪不开步子了。我问老板多少钱，老板头也不抬，说50块一只。我心想这么便宜，一定是死了很久的，就问有没有活的。老板从水箱里抓出一只张牙舞爪的，说活的80块。我心想不愧是海岛，真便宜，就要了一只。老板问我清蒸还是椒盐，清蒸的味鲜，我说要清蒸的，便进店里找了个桌子坐下。

店里人少，除了我还有一桌，三个女的吃了几十只生蚝，吃完挎着小包走了。我心里讶异：怎么这么能吃？目光便多跟随了她们的背影几秒，就看到老板在往门前的蒸笼里放龙虾，红色的壳，白色的肉，50块一只的死龙虾。我觉得应该不是给我的，可店里又没其他人。那就应该是外送的，我安慰自己，但也有了隐隐的不安。

差不多过了5分钟，我眼睁睁地看着老板把那只50块的龙虾从蒸笼里拿出来，装进盘子里端到我面前，嬉皮笑脸地说："吃吧，新鲜着呢。"我一下子就火了，心想人在外地要少惹事，可也不能受欺负。

"这就是刚才给我看的那只吗？"我试探地问道，其实是在给他机会。我打量了一下老板，三十几岁，不高不壮，打起架来我也不会太吃亏，除非他叫别人。

"就是那只啊。"他说得理直气壮，把我当傻子。我一下子就想到了很多的对策，比如报警，拨打315举报电话，拍照，发微博，等等，不为30块钱，为的是不被当成傻子，为的是正义，反正我也闲着没事。

"我刚才亲眼看到你放进蒸笼里的是死龙虾，咋的？你玩儿我？"我故意露出东北口音，这样显得霸气。

不知是我的东北口音震慑住了他，还是他本身就是不良商家中的新手，他突然露出了一丝羞愧的神色，张了张嘴巴，看样子是想反驳我，却又像拐了个弯，开口变成了："我去给您换一只活的，求您别嚷嚷行吗？"听口音不是本地人。

我知道自己得胜了，但还是故意板着脸，点了点头。他端着 50 块的龙虾离开,我到门外抽烟,岛上空气潮湿,烟总软塌塌的,点了好几下才着。一抬眼就看到他手里抓着只张牙舞爪的龙虾正要杀,看到我出来,就举起龙虾给我示意一下,脸上带着讨好的笑意,我点了点头。天完全黑下来了。

岛屿的气候难琢磨,动不动就会无预兆、不需酝酿地下一场雨,街上的行人在雨滴初落时走散,躲藏起来没了踪迹。

老板把我的龙虾端过来,看着就比 50 块的好吃。他说:"这个在海鲜市场进货都要 110 块。"这话算是解释了之前为何要偷换作假,他紧接着又补了一句:"这小铺子,房租要 5 万。"我搭话:"一年?"他说:"一个月。""哦,真贵。"我低头去吃龙虾,上面撒着蒜末,轻微地辣。他转身打开冰箱,拿出两瓶啤酒,"哐当"放在我的桌子上。我说:"我不想喝。"他说:"喝吧,送你的。"

我有一点儿想喝的冲动了,这冲动更大的成分是抚平他的愧意,喝了似乎他就心安了,我想做个好人。

他把两瓶都打开了,我说我喝一瓶就够了,他却坐在了我的对面说:"外面下雨了,我陪你喝一瓶。"他的意思是下雨了就不会有客人来了,但偏不说没客人,只说天气,这种说话的逻辑我很喜欢,透着一种世俗的拐弯抹角,却也有历经年月的通透感。就像我奶奶,常年住在乡下,来城里住几天,在楼里待着觉得憋闷,要出去走走,我说外面下小雨呢,意思是别去,她说那怕啥，脚上也不沾泥。这一句话我咂摸了好几天，还是觉得有嚼头。

那天老板在我桌前喝了三瓶啤酒，讲了很多话，外面的雨下下停停，也没再进来一个客人。我只喝了一瓶，勉强吃完了那只龙虾。说实话，龙虾做得不好吃，但听着他没啥逻辑地讲话，也还算能下酒。

他说现在是淡季，但还不是最淡季，原来每天上岛的人有五六万，现在只允许一两万，自从出了什么管理条例，差着三倍呢。

他说自己在陕西长大，二十几岁才来岛上，住的房子是爷爷的。他爷爷当年是军人，因一些历史问题一直住在岛上，他现在住的房子就是爷爷留下的，但不是爷爷的房产，房子归房管所管理，他只有居住权，一个月交200块，一室一厅的房子，正常的月租要3000。

他说八月份刮了一场台风，风太大了，像世界末日，岛上好多百年的大树都倒了，自己家的玻璃也碎了几块，还没抽出时间安上，用布随便挡着。

他说一月份这里最冷，但也没多冷，可就是感觉冷。

他说自己之前有个谈了9年的女朋友，也不住在岛上，每隔几天都会坐轮渡来看他，他也总去看她，但还是她来的次数多。后来开店时急需用钱，女朋友背着几万块坐轮渡过来送钱，他感动得不得了，决心以后一定要好好对她，可两人最后也没结婚，女方家里要在市区买房买车，他买不起。后来女方结婚时他还去参加了婚礼，也没觉得有多尴尬。前两天两人还偶遇到，她都要生二胎了。

他说自己也没想过再换个地方待，觉得走到哪儿都是一个样。他酒量不好，三瓶下去就有些多了，他有点儿要把所有说过的话再重讲一遍的意思，还好这时进来了一群喝多了的客人，嚷着要吃扇贝和生蚝，像是饿坏了要大吃一顿。他起身去招呼，我把100块钱放在桌上，用杯子压住，离开了。外面的雨几乎不下了，还是有几滴落在我身上，挺凉快的。

住的旅馆在半山腰的巷子里，我一路弓着身子往上走。路过两家酒吧，老板和服务员在门前坐着，店里一个客人都没有，街道也干净，像是高墙内的老房子都不住人。整个小岛猛然间凄冷下来，厚重的空虚就压了过来，什么也纾解不了。

我回到旅馆，躺在床上，想思考一些关于人生与爱情的议题，却都草草收场。

又想着，也许一生兜兜转转到最后，能安分下来了，心里没有了牵挂的人，就找一个小岛住下，那时最惦记的是天气，一月的寒潮和八月的台风，还有那些冷不防落下的雨。

隔天，我早早地离开小岛，站在轮渡的二层，看船舷讨的海水，像鸡蛋清打进油锅里，哗哗地有声响。远处的小岛，在雾气中晕了轮廓，对面的城市，高楼林立，透着一份骄傲的落寞。

二

我刚出码头就被一个姑娘拦住了，我以为是旅馆或黑车拉客的，板着脸不理会，她却问我，需要导游吗？有点儿小意外，但并没有打消我的厌烦，还是在心里把她与那些旅馆和黑车拉客的人画上了等号。我摇着头说不需要，径自往前走，本以为甩掉了她，可她仿佛犹豫了一下，又鼓起勇气跟上来，说：我是刚做这份工作的，请您给我一个工作的机会，一天只需要30块钱。

她话说得诚恳，像是经过生活的历练，什么俗气或难堪的话都能讲得稍显体面，像用软刀子捅你。我想了想，停下脚步，也想回个礼数，要了她的电话号码，告诉她如果需要的话我就打给她，心里却想着我是不会打的。我独行惯了，身边有个陌生人会有压力，甚至觉得连思考都放松不了。

要了电话，我接着往前走，可她又跟了上来，说，你还不知道我叫什么呢。我想说，这重要吗？她却兀自介绍说，叫我小春吧。我说好，又要走，她就问我酒店找好了吗，我说已经定好了。她说，你能找到吗？要不我送你过去吧，我地形熟。

我差点儿就要发火说你烦不烦啊,忍住没说,只是说自己能找到,不麻烦了,但语气确实生硬了很多,她终于识得大体,不再纠缠。

　　我气呼呼地走了,酒店很近,几分钟就到了,洗了个澡,换了身衣服,坐在沙发上看酒店赠送的地图,想着一会儿去哪儿逛逛。那是下午三点多,阳光透过窗户落在房间里,一切都很平静,我却不知怎么为自己刚才的态度感到懊恼,觉得没有管理好情绪。我是一个善于自省的人,越想就越认为不应该,甚而生出了些愧疚,于是我拨打了那个电话。她接起来,态度也没有很热情,只说好的,那我们一会儿酒店楼下见。这态度给了我一点儿自讨没趣的嫌疑。我踟蹰了一下,还是顶着几分不情愿下了楼。

　　她比我晚到几分钟,见了面她问我:"想去哪儿逛逛?"我说:"你推荐吧,我去哪儿都行。"她说:"其实我哪儿都不知道,我今天第一天上班。"我这回控制好了自己的脾气,提了个比较著名的景点,她却说:"那我也不知道怎么走,我刚来这儿三天,哪儿都不熟。"我的脸色又难看了,我无法控制地说:"那我找你干吗?还不如用手机导航,景点你也一样不会介绍吧?"她很诚恳地点了点头。

　　我觉得话说到这个份儿上了,她应该自觉地走了吧,我愿意给她10块钱让她走,但我又不想开口,太尴尬,祈祷她说句对不起然后离开。可她一点儿都没有要走的意思,只是站在一旁四处看着，把难题都扔给了我，我也一下就泄了气，说算了，景点什么的我也不太想看，你就陪我随便走走吧。

小春是重庆人，个子小小的，浑身散发着警觉感，实则是紧张。我猜她是"90后"，她说自己是"80后"，具体是哪年的，我也没追问。我们在街上闲逛着，街边的小店铺都很精致，吵吵嚷嚷的，我买了两杯甘蔗汁，递给她一杯，她吸了两口，可能嘴巴不干了，便说起了话。

她说自己以前在重庆也是做导游的，是那种带团的一日游，在车上要做一些解说，刚开始做的时候不敢说话，背好的词也经常忘，忘了也不知道该怎么办，就嘻嘻笑，尴尬死了。她说公司里另一个小姑娘就很厉害，忘词了就说，我给大家唱首歌吧，这个小姑娘只会唱两首歌，一首是《自己美》，另一首是《丑八怪》。

我说："真的假的啊？这么对称？"她说："我骗你干什么啊？她原来只会唱《自己美》，《丑八怪》是新学的。她原来长得也挺好看的，后来出了一次车祸，脸上留了一个疤，但也不算大，多涂点儿粉就行了。"

她又说回自己，说她讲解的时候爱讲八卦和反面人物，公司里一个老导游就批评她，说要讲人文历史。她说人家游客都不爱听人文历史，老导游就说讲不讲是你的事，听不听是他们的事，咱们这是宣扬地方文化呢。接着她就讲了一次人文历史，背不下来还写在手上，结果当天就被游客投诉了，说她带团太无聊，然后她就辞职了。

就为这点儿事？我挺诧异的。她吸了口甘蔗汁，说其实也不单为这事，那时她和公司开大巴的司机好上了，那个司机比她大十多岁，是全公司开车最稳的。他们那边山路多，事故也多，但那个司机开了20年车了，就出过一次事故，还是对方全责。

那还挺厉害的，我话说得由衷。我的车技不好，对车技好又开得稳的人都很佩服。

她说她就是因为这个喜欢上司机的，每次轮到坐他开的车就特别安心，两人也特别说得来，一说说一路，有时说得游客都不满意了。他对她特别好，每次轮到他们两人一辆车，他都给她带一个梨，说对嗓子好。

她说到这儿就住嘴了，我大概能猜到故事没有什么好结尾，或者是她陷入了往事的迷雾里，一时抽不出来。我在路边又买了点儿吃的，分给她一些。我们去大树下乘凉，她突然露出释然的姿态，语气里全都是时过境迁的感慨。她说人生其实挺订阔的，换一个地方，就是一个新的开始，过不了多久，就能把他忘了。

我没有接这句话，我是个悲观的人，人们总以为，去了一个新地方，换一份新工作，离开一个过去的人，一切就会不一样了，但这些都是自欺欺人的把戏，世界是辽阔的，可人生不一定。

那天小春陪我走到日落时分，短暂的缘分就尽了，我微信给她转账，她连声谢谢也没说，我也就没多给她钱，但我还是听完了她和司机的故事。司机带着她去郊外玩，出了车祸，两人被送进医院，偷情的事情也就暴露了。原来司机有老婆有孩子，小春出院后还被揍了一顿。司机左脚骨折，以后只能开自动挡的车了。

世事都有一定的规则，只是人们看到的都是巧合。

三

夜晚在海的那边终于降临了，沙滩上的人也散去了热情，我估计很多人和我一样，在这里走一走，都不是为了找寻外部的东西，在这个时段，人更适合向内看一眼，找一缕风来消除慌张或是幼稚。

路过海边的一处古戏台，戏台上并没有戏，拉起银幕在放电影，台下一排排的石凳上，坐着稀稀拉拉的人。由于街灯的关系，银幕黑了些，色彩淡了些，画面像极了黑白电影。这电影我没看过，一男一女在打乒乓球，表情严肃，说着什么我没记住，音响质量太差，他们两个就那么一下一下地对打着，谁也不发力，谁也不失误，好像能打上一辈子似的。

看电影的人来来往往，都不会停留太久，一个故事，也就凌乱了，每个人带走一小部分。我在石凳上坐了很久，海风缓缓地吹着，夹杂着湿润，并不会感觉凉爽，越吹越觉得身上黏黏的。

　　我起身往酒店的方向走，一路走得匆忙，回到房间也是一身汗。我洗了个澡，只穿着短裤站在露台上，打开一罐冰啤酒，喝一口立刻觉得惬意。楼下是商业街，熙攘嘈杂，似乎每个人都欢喜。

　　人类的悲欢并不相通，我只觉得他们吵闹。这话是鲁迅说的，我同样是怕吵的人，但在某些时候，比如此刻，海风从远处吹来，喝一罐冰啤酒，发觉这人间的悲欢看一看也无妨。如同看一场电影，也不必为主角担心太久。

云下的日子

一

那天我站在窗前，不经意地抬头看，有大团的云朵从苍山顶飘过来，看着厚实又明亮，那是我第一次仔细观察大理的云。

由于海拔较高，大理的云层离天空很近，近到似乎在楼顶放把梯子攀上去就能触摸到。云在空中很随意地跟着风的方向移动，变幻，当一块云脱离另一块云的时候，那些缓慢的撕扯过程都能看得清清楚楚，真的就像用手把一团棉絮撕开时的感觉，连细小的撕边和拉扯出的丝都能再现出来。

我在那一刻，有些领会到了事物缓慢变换的过程，悄无声息的，不动声色的，不易察觉的，猛然醒悟的，或许还有不忍放弃和念念不忘的。

二

在大理住了一个月，我来此地的目的是写新书。从去年秋天在北京开始动笔，写了一部分后回老家过春节。在老家的一个月都过得浑浑噩噩的，因身边的喜事忧事烦事俗事忙乱得一塌糊涂，自然没有心境去写，于是便决定出发来大理。

选择大理这个地方本来是朋友的提议，说几个好友一同来住一段时间，其中有朋友是来过的，渲染了一番大理的好与别致，说这是一个能安心创作的地方。我自然是知道大理的，从书里，电视上，他人的口耳相传中；也听过一些有名的故事，比如许巍，来大理静心梳理自己的烦忧，比如那张专辑《时光漫步》。

最终我还是一个人来了，因为我甚是了解自己的个性，若有朋友相伴，必是整日醉酒与玩乐。这些年反复提醒与告诫过自己要改，可一直都没能改掉，也就渐渐接受了自己这种性格。

来大理后，我住进了提前预订好的宾馆，老板看我是一个人来，在房价上又少收了一点儿。我住在二楼，拉开窗帘就能看到苍山，其中那座海拔四千多米的山峰，山顶上还积着雪，据说它是最有网络游戏气质的一座山峰，但它离古城太近了，我能感受到十足的压迫感。

由于我是一个人来，老板便偶尔叫我到楼下的大堂里喝茶，大堂里有两只我分不清品种的大狗，总是在住客的身旁玩闹乱跑。一起喝茶的人都是来自各地的旅行者，各自说着自己的经历，而老板常常在给我们的茶杯蓄满茶水后，说一句："来大理了，就要好好感受这种慢生活。"

我并没有不怀敬意，但每当老板说出这句话，我总是会在心里觉得有些过于文艺和做作。

不知从何时起，我开始不太喜欢"文艺青年"这个词，也开始不喜欢大众给文艺青年定位的生活方式。每当别人提起那些被用滥了的概念，比如小资、欧洲文艺电影、在路上等等，我都会在心底泛起一些不舒服，就如同饭局间有人讲了一个过时的笑话。

可无法否认的是，在别人眼里，我似乎就过着一种文艺青年的生活，多愁善感，随心所欲，四处飘荡。

这是一种近似于悖论的东西，我也懒得再思考对与错，凡事自然就好，随心就好，不要为了什么去改变自己，也不要为了展示什么去扭曲心境。我承认这样很难，我也只是在努力地去靠近。

三

对于久居东部的我来说，大理的天亮得比较晚，但由于有苍山这道屏障，太阳消失得又比较早，所以，我总觉得白天的时间过于短暂。

我一整个白天几乎不出门，只在傍晚的时候才出门锻炼身体，出了古城，沿着公路跑步，身边是田野，有池塘，有桃林，有大片的油菜花地。

跑步结束后我会回到古城，沿着青石板街散步，听着旁边沟渠里哗哗的流水声。这是古城最热闹的时间段，整条复兴街游人如织，当地的少数民族商贩们，卖力地向游人兜售自己的商品。我习惯性地绕过这些地方，去找一家小一点儿的饭馆吃晚餐。

我常去的是人民路中段的一家小店，门前有小姑娘卖烤鸡翅，烤得不算好吃，但也不难吃。人民路上有很多街头艺人，弹着吉他唱歌的小伙，敲着手鼓的老外，吹着笛子的女生，甚至还有用那种我叫不出名字的，像是一把大长弓的乐器演奏的当地居民……

如果几年前我来到这样一条街上，肯定会兴奋得流连忘返，向往他们的生活态度，甚至还会生出做一名流浪艺人的念头。但如今，我只是不经心地路过，偶尔驻足听一段，再也不会在心里泛起波澜，甚至连类似的想法都不会有了。那一刻我会怀疑自己，暗暗地告诉自己："你应该兴奋啊，你应该有很多感触啊。"可是，怎么就都没有了呢？就如同遇到常事般草草而过。这种时候我会明显地感觉到，自己一点点地和从前不同了。

就像是在大理住了这么久,我没有走进过一间咖啡馆度过午后慵懒的时光,我同样也没有走进过一次酒吧去听忧伤的歌。我渐渐地越来越不喜欢那些似乎高于生活脱离本质的事情,也不再沉醉于与陌生人搭讪吐露心事,而只喜爱与三五好友在酒醉时分叙旧,或是陪着家人看电视吃晚饭,这大概就是人们所说的俗事吧。

发现自己变得越来越俗气,不知是好还是坏。

四

大理的夜晚有些凉,我坐在电脑前需要披一条毯子在身上,打字累了,或是遇到难以写下去的地方,情绪翻涌及低落的时候,我就走到窗前,拉开窗帘看夜色。

来大理后再一次动起了戒烟的念头,说起来,戒烟就是一个和自己死磕的过程,也不知道能不能成功,但这一次算是坚持得最久的一次了。

那晚,我拉开窗帘看着窗外的夜色,有一轮满月挂在苍穹之上。我披着毯子穿着拖鞋爬上楼顶的天台,看着月色下的古城泛出微茫的韵色,如同从久远的过去带来的消息,一下子所有的往事都涌来,那些我已经忘记的,不想再提起的,不愿面对的,留在心底想念的,通通猝不及防地把我的脑海占据。那一刻，我突然又想抽一根烟了。

那个晚上我才明白，或许自己并不坚强，却又要把自己伪装得很强悍，很多东西根本放不下，却又要强言淡泊。明明不敢面对的事情却假装不在乎，明明一直记在心里的伤害却说已经原谅，明明念念不忘的人却嘴硬问"那人是谁"。

这一副虚伪的皮囊，这久久的自我建设，被一片夜色一支烟，轻易地打败了。

可那晚我并没有去抽一支烟，只是趴在天台的栏杆上凝望了很久，直到一片云飘过来遮住了月光，恍然明了每个人都有自己无法言说的心事和不能再遇到的人，在停留或是来往的城市里，留下专属的故事和那一瞥中微凉的心酸，我只不过是其中一个。

五

雨下得毫无预兆，苍山顶上终年不散的阴云，飘过来一朵就足够落下一场雨。雨拍打在玻璃上，掉落在青石桥下，洗刷了石板街，柳树就冒出了嫩芽。

还只是三月，就已让人错觉是六月雨纷纷的水乡，我在旅馆借了一把雨伞出门，看到路人们躲在屋檐下避雨，雨雾给古城添上一抹更深沉的底蕴。我拐进一个小巷子，天色暗了下来，一家古旧的小酒馆门前率先亮起了橘黄色的灯笼，我收起雨伞低头走了进去。

来这里是见一个远方的朋友，他到附近的城市办事，听说我在这里便顺路来看看我。其实我们之间有的也并不是什么深厚的友谊，只是淡淡的交情。可能多年前有过热忱的往事，但这么多年过去了，岁月洗涮后，只剩下了些许的记忆，只够就着喝二两薄酒。

聊了些近况，说了些这些年的经历与变化，又提起几件旧事，一切淡淡的，就如同杯子里的梅子酒，泛出淡淡的酸涩。更多的时候是我在倾听他的故事——辗转各地，几年离索，爱的人与不爱的人都渐次离开，忽而冒出对生活的感慨。

那天到最后我们都没有醉，只是微醺地离开，在酒馆门前说再见，互道珍重。他明天就要走，又问我何时离开，我摇了摇头，竟突然觉得自己没了方向，这么飘飘荡荡地并不知道下一站该去向何方。

但我知道自己不久将要离开，这些年的习惯，让我不敢在一个陌生的地方待得太久，特别是自己喜欢的地方，怕和它混熟，更怕与其中的人们熟识，那么离开时，难免会有不舍，离开后必会有牵挂，而一个人的心就那么大，容不下太多的牵绊。

一个人往回走的时候，雨停了，空气中有凉透的气息。脑海里猛地冒出一句歌词："人生难得是欢聚，唯有别离多。"

六

决定好离开大理的时间后，我挑了一个晴朗的日子洗衣服。洗衣机在天台上，我把脏衣物都扔进洗衣机里，拿了一本书坐在摇椅上看，侧过头就能看到远处碧蓝的洱海。阳光暖洋洋地照在我的身上，我坐在那里晃啊晃的，内心平静得如同山谷里的浓雾，眼皮也越发沉重。

我可能睡了很久，也可能只是一会儿，睁开眼看到天台那头，旅馆服务员在晾晒床单。她已经晾晒了很多，起了一些风，白色的床单就在风中展开。隔着这些床单，晾床单的小女生侧过脸给了我一个浅浅的微笑。

我在那一刻，能够确切地感受到生活是美好的，就如同摘下春日里的第一缕晨光，品尝到秋天熟透的果实，或是你在我身旁时的沉默不语。细小却又丝丝入扣般的感触，缓缓地蔓延开来。

在大理的这段时间，我没有什么出世入世般的大彻大悟，只是明白每个人都有选择生活方式的权利，也懂得每个人背后隐藏的苦难。生命的长度几成定式，只不过有些人充实一些，有些人散漫一点儿，没有孰是孰非。

那么，在大理的这一段悠闲日子，对于我来说有什么意义呢？可当"意义"这个词说出来的时候，就要对"悠闲"说抱歉了。

而当我怀着抱歉的心情去寻找了一番意义后，却发现根本毫无结果，就一下子释然了。

这一段日子，就像是从画卷里拆下来的明亮风景，若干年后，当我老了，或是生存困苦疲于奔波之时，是可用来供自己怀念的。

但怀念也只是淡淡的，如风过境，如云游走，如一世悠忽落定。

曾云海绿

来井冈山之前，我一直在揣测这里的人会有怎样的一种生活状态，我说的状态并不是指物质上的，而是精神层次上的思维方式。不知在当下的年代，革命精神在老区是否还具备统领作用？

朋友家在距离井冈山90千米的遂川，第一夜我在她家里留宿，她母亲热情地做了几道地方菜招待我，她父亲还陪我喝了些酒。

隔天出发去井冈山，朋友的父母开车送我过去，途经一处农家乐，朋友的父亲说这是自己的朋友开的，下车去看看。农家乐的老板是"80后"，小个子，黑黑的，正指挥着几辆大卡车运石头，修屋前的池塘。他带我们去看屋后的山和鱼池，那一整片山有两千多亩，都是他的，种着树，有竹子和杨梅，山顶有凉亭，有攀登的台阶，还有供游人使用的空中餐厅。朋友的父亲介绍他，说他不但年轻有为，有这么大的产业，还是当地的村长。他邀我们进屋喝茶，送了我一本客家的民歌选，算是纠正了我以为客家人只存在于台湾的常识错误。

一入井冈山,便似乎只剩下两种颜色,一种是绿色,另一种自然是红色。路两旁高耸的水杉遮挡住大部分的阳光,靠路边的墙上长满了苔藓,再望那近丘远山,被繁杂葱郁浓绿浅绿的植被覆盖,竟也像是爬满了苔藓,绿得琳琅满目。

说起红色,又有两种红,一是那满街的红色旗子和挂在两棵水杉之间横悬在马路上方的红灯笼,还有处处可见的杜鹃花。这种红色被解读为热情和欲望,又具备庄严和鼓动性,有时令人觉得喜庆,有时又令人觉得严肃。井冈山几十年如一日的红色,早已根深蒂固流入寻常日子,人们觉得那就是这里本来的样子,和天空中的云,云里的月一样,没有什么稀奇和新鲜。而我走一遍,竟总揣度那红彰显着些许表象的充沛和虚假的高涨,仍旧在明晃晃地煽动着情绪,如腰鼓上的红绸子,如山顶上猎猎的旗。

另一种红色,自然就是革命的色彩、精神和记忆。这里几乎每户人家都挂着毛泽东的画像,商户贩卖着印有毛泽东形象的铜像、胸牌、纪念币、打火机、T恤……另一批热销的商品是红军的军装、帽子、草鞋,写有毛泽东诗词的扇子、临摹的字画。饭店里的招牌菜自然都是红米饭、南瓜汤、秋茄子,这明晃晃的三个词语立在门前,闪着彩灯。红色在商人手中有了明码标价，整个井冈山大多以旅游业为主要收入来源，这无疑是当年的革命红军没有预估到的结果，却也算是单凭着"精神"养育了一批人。

　　朋友的小外公刚好在井冈山开会，中午便招待我们吃饭，在一家名叫"旺角"的餐厅。我和朋友还打趣说仿佛到了香港。朋友的小外公60岁出头，是园林绿化高级工程师，终身享受国务院政府特殊津贴。老人家热情又周到，普通话虽不太好，却也竭力表达热忱，点了一桌子的菜，又问我喝不喝酒，我恰巧胃疼，便推辞不喝，他又劝了几轮，我还是不喝，他便以茶代酒频频举杯。

　　这次我在井冈山的住处，便是老人家女儿闲置的房子，吃过饭老人家便要带我过去，但中途送钥匙的人耽搁了些时间，我们便在路口的几棵水杉树下等。等得无聊，我和朋友两人便比赛立定跳远，水泥地上跳一下就震得双脚发麻。老人坐在树下的石头上，摆着手阻止我们跳，说刚吃过饭乱蹦对胃不好，我们也不听，继续跳着玩。

　　钥匙送来了，我们把旅行箱搬上了楼，老人又贴心地和我讲这是哪条路，迷路了怎么回来，出去吃饭小心被宰，交代后又不放心地给了我他的名片，说实在不行就掏他的名片给老板看，这里人人都认得他。手中的名片俨然成了通行证，我非常小心地将它放进口袋里保管好。

老人和朋友一家都要离开，留我一个人在这儿，老人又问我下午要去哪里玩，我说还没想好，他便极力推荐我去黄洋界，我有些累加上胃又开始疼，便说明天再去，谁知老人查了天气预报，说接下来几天都有雨，只有今天下午去最合适。他说站在黄洋界能看到湖南的山，还讲了一下发生在那儿的那场战斗。当时国民党围剿井冈山，红军只有一门迫击炮，立在黄洋界山顶，红军打出三发炮弹，还有两发是哑炮，但还好最后一发响了。国民党军队惊觉红军还有大炮，便退下山去，这就是著名的黄洋界保卫战。

　　这场战斗在老人心中至关重要，在他的再三推荐下我决定还是去黄洋界看一下，老人便又极其热情地要给我购买所有景点的通票以及乘车票，朋友的家人阻拦下来，他们替我买了票，我看着他们在我面前争抢购票的场景，从心底升起一缕久远的温情。以前我总挂在嘴边的话是"岁月绵长，冷暖自知"，到如今我仍旧在感知且大部分时候感激着。

　　去黄洋界的大巴车上，只有我一个乘客，路不远也不近，我竟能放倒椅背睡上一会儿。到了终点司机叫醒我，下了车，马路对面便是黄洋界的游客中心，进里面上二楼，再出去走上几百个台阶就到山顶了。还没到山顶时，我便听到整齐又嘹亮的口号。我听不太清字句，快走几步，到了山顶的纪念碑前，见一群穿着当时红军军装的人在团建。他们是当地某制药厂的员工，公司在举行重走革命路的活动。他们一群人排成阵列，一个导师一样的人站在纪念碑旁慷慨激昂地演讲，我看到他身后的纪念碑上有毛泽东的题词"星星之火，可以燎原"。

再往前走便能看到那门著名的迫击炮，炮身已经被游客摸得发亮，很多人还或靠或蹲地和它合影，所有人都能说出它的"战功"。它立在山顶，靠近山边，炮口冲着远方，那里没有树木的遮挡，可以看得很远很远，近处清晰的山脉属于江西，远处云里雾里的线条属于湖南，毛泽东就出生在那里。

来路上突然传来大批人马的脚步和嬉笑声，身旁的几个散客说："快走吧，大部队又来了。"然后几个人就嬉笑着离开了，我走得稍微慢一些，便被刚才喊口号的那些"红军"包围了，被他们裹挟着一路向前。他们个个情绪高涨，把刚学会的红歌唱了一遍又一遍："一送（里格）红军（介支个）下了山，秋风（里格）细雨（介支个）缠绵绵，山上（里格）野鹿声声哀号叫，树树（里格）梧桐叶呀叶落光……"

井冈山的游客服务中心在群山环绕中一个叫茨坪的地方，据说那里之前也是当地行政中心。

茨坪很小，围着城中的掩翠湖而建，走路半小时便可绕一周，但小城山路多，上坡下坡，弯弯曲曲，心中念着一个方向走，到头来却迷了路。城区内的公交车是免费的，也就三四个站点，永远有排队的人。公交车绕着湖转一圈，把人送到服务区总站，到那里后再想去其他地方，就需要花钱了。

可能因为山路多，本地人都爱搭车，特别是一些妇女，不光是公交车，卡车、轿车，什么车都搭，走上坡走累了，看到一辆车过来就挥手喊着："搭一下！"车停了自然是好，但若是不停，就非得追两步骂几句不可，她们骂完自己又觉得羞愧，嘿嘿地笑起来。

这种自觉羞愧的笑容还常出现在商贩脸上，他们面对外来人时似乎有一种习惯性的宰客行为，被询问价钱，一听是外地口音，总要思考几秒才报出价格，就算是明码标价，也会假装故意算错，好像能多宰一块是一块。

我在茨坪住了几日，遇到过两次这类事情。一次是在湖边卖鸭脖子的小铺子，我买了三种吃的，按着标价心里算好了是28块，便递了30块过去，店主却扬着手里的钱说不够，一共36块。我掰着手指头和他重算了一遍，他却仍坚持是36块，说了一串当地的方言，大概意思是标价不准。我当然不会按他说的给，便欲把钱要回来，说不买了。这一下店主软了，嘟囔着我脾气大之类的话，然后又像是吃了好大的亏似的，说28块就28块，找了两块钱给我，还多给了我一袋鸭掌说是送的，把袋子递给我，冲我嘻嘻地笑。

另一次，我在一个店铺里吃饭，要了一份很简单的排骨套餐，老板娘给我端上来说26块，我说这墙上写着22块。老板娘看来还不太习惯宰客，一下子就不自在了，像是急忙想了个应对办法，笑着说："哎哟，那是以前的菜单了。"以前套餐里不包括鸭腿，现在有鸭腿了，所以涨价了。接着她便从锅里给我捞出一只很大的卤鸭腿，不由分说地放进我的盘子里。我看着老板娘的窘迫，也没有再争执，老实地交了钱，心里还在想，排骨套餐里为什么会有鸭腿？还有这只鸭腿肯定不止四块钱吧？

  超出心里预期的事情我也遇到过两件，一是去井冈湖游船的时候，我在服务中心坐大巴车，上了车询问司机如果游船要在哪里下车。司机戴着墨镜，看上去一脸严肃，他问我，你要坐船啊？由于去过全国很多景区，遇到过一些见缝插针或赖着不走兜售门票车票的黄牛党，我听到司机的问话便条件反射般有些反感，装作没有听到，没接话。可是他又问了一遍，"你是要坐船吗？"那时车已经开了，大巴上除了我之外还有两个乘客。我坐在司机的身后，语气很不好地回了一句："是啊，但是我买完船票了。"想着一下子把话说死，就不用和他再费口舌了，果然司机没有再说话。

  车子在山路上拐来拐去，到达了第一个景点主峰，老版的一百元人民币背后就印着这座山峰。司机说给大家几分钟时间下车拍照，然后再去下一个景点。我们三个乘客下了车，另外两个乘客是一对老夫妻，在路边拍了些照片就上车了，司机靠在车边抽烟，我看他的烟快抽完了，也回到了车上。车子开动，老夫妻询问司机下一站去哪儿，司机说："去井冈湖。"老夫妻说："我们不去坐船。"司机说："这个小伙子要坐船。"老夫妻就没再说话。等到了地方，司机给我指路，说："从这里下去就行，你坐完船就快点儿上来，车在这里等你，我要是开走了你等下一班很晚的。"我点头应允，他又觉得我好像是没听懂，或者他只是想解释得更清楚，便补充道："所以你一上车我就问你是不是要坐船，要是没人坐船我就不用往这里开了。"

他的每一句话都让我如芒在背，我总觉得自己是善良的人，但在恶意揣度他人的动机方面，还是过于有天分。那一刻我并没有为自己找"防备心"一类的借口，我只想承认自己的不善良。

另一件事发生在茨坪红军旧居，去之前朋友就嘱咐我要看那里的方竹，我到里面转了一圈，没看见，便一间一间看旧居。那时是下午，天上飘过来一团云，屋子里都很暗，我在窄小的窗口看到很多蚂蚁在搬家，不一会儿便下雨了，我躲在一扇门前等雨停。就在这扇门前，有两个老年人在编草鞋，一男一女，穿着旧时的衣服，手法都很精湛，在他们面前，摆了高高一摞编好的草鞋。有避雨的游客觉得新奇，把草鞋拿在手里端详，说红军当年真不容易，穿着这玩意儿就闹革命，然后用关怀的口吻询问老人们，一天能卖出多少双草鞋？

穿着蓝色碎花布衣的老大娘年纪轻一些，听到问话板着一张脸不回答，不知是被问烦了还是本来心情就不好，她把力气全都用在了手上，草鞋编得愈加卖力。那个穿着黑色褂子的老大爷，倒是挺随和的，用不标准的普通话回答："卖得多就编得快一点，卖得少就编得慢一点。"说完抬头看游客，觉得游客没听懂，又补充道："反正卖不卖得出去，都要坐在这儿编嘛！"游客恍然大悟："哦！原来是情景还原。"老大爷就点了点头，这时围过来的人又多了一些，老大爷有些不好意思了："天天坐这儿编，挣的钱也不多，一个月也就六百来块钱。"没有人问，他自说自话，像是唯恐别人觉得他的工作轻松又好赚钱。他说完这话题就算完了，游客们没有再继续追问，也没有人再议论一番。雨小了很多，人们头顶着帽子、包、手掌散去，我继续去找方竹，最后终究是让我找到了，它看上去还是圆的，但用手握住感觉就不一样了。对于方竹我没有过多的感觉，倒是一直还在想着，编草鞋挣的钱真少，老大爷也太诚实了，还想着要不要过去买一双，穿不了是穿不了，但是挂在墙上当装饰也行，后来又被什么转移了注意力，又想了些更宏大的事情，也就把这事忘了。

我在井冈山住了将近一周，住在靠近山脚下的一栋房子里，它在洼处，往哪个方向走都是上坡路。前几天我跑遍了每一个景区，看落下的瀑布，看谢了的杜鹃花，后两天便懒在屋子里，坐在能看到竹子的窗前看书，写文字，或是看着远山发呆，饿了才出门找吃的，一路走上去，拐几个弯，漫不经心似的路过一家家店面，想买些水果。这里的特产是杨梅，我却总觉得品相不好，倒是在超市里发现了一种杨梅罐头，罐子很像20世纪80年代国有企业的老旧包装，铁的，盖子上有锈，但是并不折损它的味道，好吃到我买了很多罐，结果当然是牙都酸倒了。

  一般吃过了饭我就往回走，可能是黄昏太安详，让人心里暖得发胀，走到门前也不想进去，就绕过它继续往前走，能遇到一个很小的篮球场，有几个少年在打球。我站在那儿看了一会儿，继续往前，是居民小区，很小，几栋楼，一些老人抱着孩子在拉家常，再往前，是一大片空地，几乎没了人烟，道路干净得让人想躺一躺。天空还是有很多的云，在夕阳里发亮，一半在山那边，一半在头顶上。我停下脚步转了一圈，被一种淡得如清风的情绪包围，却陡升起对世界的倦怠之感。我们不可能对一个地方有足够的了解，能识一二，已是大幸。而归根结底，能打动我们的无非两种事物，没见过的和了如指掌的。前者是对陌生的好奇，后者是对过往的怀旧。

  上下四方为宇，往古来今为宙，春发秋收，夏盈冬宁，世事变迁，人心进退，初识欢喜，再而寻常。

  不过如此。

犹记当时烽火里,九死一生如昨。独有豪情,天际悬明月,风雷磅礴。一声鸡唱,万怪烟消云落。

不只如此。

一地深秋

有几年没遇到过这么早的雪了,十月刚露头就急着落了下来。车往山里开,晨曦像黄昏的光一样散发着芒刺,随着车身摇摇晃晃,晃得人不想睁开眼睛。透过车窗,我能看到路边的杂草在绿色和黄色之间隐没着一丝白色,以为是霜,没过多留心,只在车里臆想了一下外面的寒意,想着多加一件衣服就好了,下意识地裹紧了外套,打了个哈欠。起得太早,此时只想缩在座位里补一觉。

可能睡了一会儿,但也觉得没睡多一会儿,我鼻腔里嗅到了一丝甘甜,揣测出是邻座在剥橘子,这一下惹得自己也有些口渴,却又懒得睁开眼睛,便摸索着从前座背后的兜里拿出一瓶水来,闭着眼拧开喝了一口。我听到后座的孩子发出一声惊叹的"哇",汽车也在这时颠了一下,瓶子里的水颠了出来,淋湿了裤子,我不得不睁开眼睛找纸巾,却在睁开眼的一刹那,被窗外的一片银白刺得别过脸去。

如同猛然闯入一个新的境地——没有丝毫准备的遇见，忽然而至的道别，猝不及防的变故，要在短暂的不适应后，迅速调整状态。咦，怎么变成了这样？哦，原来已经这样了。

并没有看到雪落下的过程，睁开眼的瞬间，天地间便铺满了银白，草与树木都被包裹，万物清脆，泛着晶莹剔透的光，似乎一碰就可碎满地。

可能是路本来就短，也可能是惊叹之心让时间过得很快，我的目光还在贪婪地探向远处，手中的瓶盖也没来得及拧上，车子拐了一个弯，白色就全部消失了。我用力眨了眨眼，一片黄绿的秋色覆盖在窗外，刚才的一切，像极了一晃而过的镜头，二十四帧。四季已过，明明灭灭，世事流转。

真正的雪是到了山脚才开始下的，很熟悉的感觉，铅灰色的云，温暾的风，不留空白的铺展，一开始是和着雨，落了一阵，风一急，就只剩下雪在空中兜了个弧度随意地飘落，最初稀疏的样子，像极了夏夜田地里找不到方向的萤火虫。

落雪后的寒意也是预料之外的，我急忙去租了件棉大衣，脏兮兮的，拉链也坏掉了，不知有多少人用它御过寒，却不曾留下丝毫的温度。从穿上的一刹那，到脱下来的傍晚，它始终没能彻底温暖我。要怪，也只能怪这雪突如其来，越下越烈，风也跟着越刮越起劲。

乘着游览车往山上去，路两旁的树木随着海拔的攀升而变换着样子，阔叶针叶深绿浅黄交混，虽下着雪，却仍旧有葱茏之感，并不会生出过多的凄凉之意，反倒会让人感叹生命的蓬勃之欲，在天地间愈加压紧的缝隙里，努力挺直着脊背。

又上了一个坡，转了个弯，停了下来。一走下车，强烈的压迫感猛地袭来，绿色和黄色都不见了，天地之间只剩下一片灰白。四周的山峰威严地挺立着，光秃秃的巨石和岩浆流淌过的皱褶间，寸草不生，像是和死神打过照面，却在雪雾之间浸染了白色，又有神圣不可侵犯之感，提示着我作为人类的渺小。

看着乌云从山顶急速地飘过，我心生敬畏，满是感慨，人间的岁月匆匆而过，都如这流云般不着痕迹，因而内心柔软了些许，心中对于未知事物的恐惧减少了几分，竟觉得这山更像是一个看透世事的老人，宠辱不惊地看着人世的变迁，看着一茬又一茬的孩子长大又如深秋的野草般枯黄，世界又完成了一次交接。它头上的雪落下融化再落下，人间就过了万世。

可惜那天我并没有登上山顶，去俯瞰更深远的辽阔，因雪下得太大，又转为冰粒，通往山顶的路被封了。风也强劲到似乎能把人刮走。从高山上流下的水，山间的瀑布，都蒸腾出密集的水汽，却瞬间就被吹散了。只有那贴着地表流出的温泉水散发出的热气，风怎么也吹不散，缓缓地贴着地面游走着，像一种润物细无声的蛊惑，让人在这寒冷的高山之中，竟也嗅到了一丝午后暖阳中的倦意。

从山上下来时已是傍晚，身上租来的大衣已被雪水淋透，头发湿漉漉的，脸颊被冰粒拍打得生疼，鞋子和袜子也都湿透了，感觉脚在鞋子里打滑，整个人冷得直打哆嗦。雪不下了，风还在吹，呼啸着把树刮弯，把云刮走。风一落到身上，就只剩下刺骨的寒，像是要把积攒了一个夏季的温度都吹走，而我也早已忘记了现在是秋天。

山里天黑得早，下午五点多一些，天就完全黑了下来，旅游大巴载着我们来到山脚下的小镇，灯火还算通明，看到光亮就会觉得暖一些，心里也会明亮一点，如同走过千山万水终于找到家的方向，如同暮年的游子眺望故乡的远窗。

可车却没有在密集的灯火处停下来，导游说现在是旅游黄金期，镇子里的宾馆早已住满，只能带我们去偏僻一些的宾馆居住。车把明亮甩在身后，开向了黑黝黝的前路，不知又转了几个弯，过了几里路，车停在了一家外表破败的宾馆门前。下了车，我隐约辨识出了路边的国道标志，一辆辆运送货物的卡车呼啸而过时，整个地面都跟着震颤。

走进宾馆的头几秒钟，心里还是有踏实感涌现的，想着洗个热水澡，舒服地睡一觉，可还没领完钥匙，大堂的灯忽然灭了，再望向门外，周围所有房子的灯全都灭了。停电了，不知是风太大刮断了电线，还是对面工地施工挖断了电缆，宾馆的工作人员打了一个电话，告知我们今晚不会来电了。

整个大堂里点燃了几十根白色的蜡烛，摇晃的火光令这儿像极了乡间的修道院。我领了一根蜡烛向房间走去，要下一段楼梯，穿过一条走廊，烛火在我手中摇曳，只圈出一小片光亮，不敢走得急，怕会灭，怕突然陷入的黑暗，这一点烛火就像是心里最后翻腾的小希望，脆弱又坚硬。

进入房间后，我最后的那点小希望也破灭了。屋子里冰冷，位于半地下的窗户漏风，墙壁潮湿又脱皮，床小且被子单薄。我把蜡烛立在一面镜子前，这样屋子里会亮一点儿。掏出手机，没有信号，我坐在床边一下子没了力气，也不知该如何是好，就么盯着镜子里的自己，看不清表情，幽黑一片。我在那时是会心生不满与凄楚之感的，也会不断地询问自己：怎么落得如此境地？

脱去湿透的鞋子，穿着外套钻进被子里，看着窗外不时经过的汽车，一闪而过的车灯把屋子照亮。呼啸的风一直在吹着，我闭上眼睛，听着那风声，想着应该是北风吧，从今夜开始吹，一直吹到万物萧瑟，吹到那静谧又喧嚣的隆冬，吹到最后一片雪落下，吹到孩子们从贪睡中醒来，回味一整个漫长的冬季，想不起炉火和热汤，只记得所有的苍凉。

还是太累了，轻易到来的熟睡，用身体暖好的被窝，渐渐静谧下来的夜，摇晃了一夜的烛火，星辰转了一圈，黎明伴随着轻微的叩门声到来。

导游催促我起床。我睁开眼睛，光还微弱，贴着地平线一点点地撑开夜幕，已能看到澄清的薄蓝，乌云被风吹散，风也就歇下了。虽隔着一块玻璃，却似乎能感受到那光的温度和体温微妙地重合着，有些孱弱的期待，一寸寸不安起来。

我应了一声导游，证明自己已经醒了，起身离开床，鞋子还有些潮湿，但已比昨夜好了许多，我把包里其他半干的东西收拾好，便去了大堂等候。还是没来电，导游带我们去附近有热水的地方洗漱，但只能洗脸，并不能洗澡。一出门就发觉气温真是比昨天暖了很多，心里竟升腾出些许单纯的感动。这感动是对自然界的，与人类无关，阴晴雨雪都能触动我，在此刻迈入冬季又退回深秋的清晨，又多出了一份质朴的温存和感激。

洗漱完毕，吃了早餐，再登上大巴时，阳光已经明晃晃地落在了脸上，暖洋洋地骚动着睫毛，痒得人想闭起眼睛，昨天的一切遭遇竟也有恍如隔世之感。人确实善于遗忘，特别是对不好的事情，无论当下如何痛苦或难过，只要境遇好转，稍感舒适，对于那些曾经不好的事情便通通能够淡忘，甚至会怀疑它们是否真的在生命里发生过。这是一种狡黠的自我缝合能力，哪怕伤口太深缝合不好，也会生出坚实的血痂，辅以时间的力量，便会生出千帆过尽的人生感慨，也算是一种豪迈的疗伤。

　　小时候对于秋天的记忆是房屋后的整片稻田，几阵秋风吹过，金色便涂染一片，一直流淌到山脚到河畔到天边。总会幻想当风拂过稻浪，所有穗粒乘风而起，满天飞旋，化作夜空中的繁星。孩子们吃着储藏在地窖里的最后一批西瓜，坐在院子里指着那星斗，叫不出名字。老人们也抬头望啊望，想起了许多陈年旧事，却也忘记了感慨。在黎明到来之时，星星们都落了下来，落在镰刀下，落进仓房中，落在所有平凡的日子里。

　　大巴换了个方向，从山里下到平原，一路往深秋里开。我是喜欢秋天的，但这个喜欢也能分出层次。初秋像是个刚入而立之年的青年，乍看已成熟，可还会不时犯起小伙子的毛躁；而深秋却是一个稳重的男人，拥有厚实的胸怀和爽朗的笑容，却又没沾染上冬季的沧桑之感，处于一生中的黄金岁月。

　　车子停在一座森林保护区门前，如果车窗是画框，那还没下车，我就已看到了一幅色彩丰富的油画。我挎上相机，第一个冲了下去，在那一刻倒是体会到了属于摄影师的兴奋。

　　该怎么形容看到的景象呢？各种树木错落生长，将落未落的枝叶稀疏又繁茂，层林尽染，叠翠流金，大自然用它独到的手法，呈现了万物本质的美丽。在清澈的天空下，在日光的包裹中，我竟有些贪婪又迷醉，如同坠入明丽的万花筒中，跟随着它旋转又旋转，早已晕眩，不计较身在何处，似喝下了覆盆子酿的酒，似遇到了深爱的姑娘，似每一个年轻时来不及做完的梦。

等这迷醉感渐渐淡去，竟又生出一缕叹息，就如同在群山之巅感受到的卑微，面对绚烂的生命也会感到自身的苍白。人们总是形容人如野草，或许人真的轻易间就把日子过得敷衍了，过得慌乱了，不及这树木，耐心地等自己长高，强壮，撑起一片阴凉，能为他人遮风避雨，也能令自己枝繁叶茂，更为天空添上一抹油彩，为这大地掬拢一抔黑土。

"如果有来生，要做一棵树，站成永恒，没有悲伤的姿势；一半在尘土里安详，一半在空中飞扬；一半散落阴凉，一半沐浴阳光。非常沉默非常骄傲，从不依靠从不寻找。"

早就有人说过这样的话，但我想，不必等来生，待纷纷扰扰的日子过够了，找一处安详的地方，把自己种下，有人守着浇水，无人自饮雨雪，看南山雾起，看屋后炊烟，不再慌张，不再虚妄，偶尔忧伤。

沿着森林中的栈道一直往前，尽头有一湾水，像是湖泊，却缓缓流动，像是小河，却平静如镜，把身前的杂草和身后的树木都倒映其中：几棵枯死的树，没了枝叶，只剩下光秃秃的主干，倒插进天空。清晨的雾还没散尽，贴着水面走，静谧得气若游丝，竟也有几分神秘之感。

从水边退回，拐个弯往另一个方向走，遇到间木屋，它被一圈白杨包围。那白杨棵棵高耸，还好秋季天高云又淡，方互不干扰，林子里静，几乎感受不到风，白杨的顶端却一直摇晃，摇着摇着就有树叶不安分地落下来，飘荡的过程就是绚烂的一生，落在地上，也就懂得了安分。几场霜雪，叶子腐烂，与杂草混入土壤，沤在树根下，发酵成养分，熬过漫长的冬季，等到江河破冰，大地复苏时，再顺着树根的脉络一寸一寸爬上枝头，再次沐浴春风，吸纳阳光，眺望远山，待被夕阳浸染，周而复始，生生不息。

没有看到木屋的主人。门窗紧闭，瓦上门前都是落叶，还没被昨夜的霜打过。门前立着一把扫帚，经常被使用的样子，主人应该没出太远的门，抑或已在回来的路上，他守着这样一片山林，怎会舍得离开太久？

我曾有一段时间，很羡慕那些归隐山林的人，不管他们是主动还是被动，我都觉得那种抉择以及那种生活充盈着一种世事看透的睿智，不温不火，平淡悠然，只与自己和少数人对话，不急着索取也不滥于表达，或许等一个人，或许谁也不等，偶有心事，薄酒一杯，敬自己和明月。

"世事一场大梦，人生几度新凉，夜来风叶已鸣廊，看取眉头鬓上。"

大概就是如此，在秋天里，总是会轻易地惊动所有感慨。

我喜欢北方的秋天，胜过南方，人总有自己的喜好，难免有些偏颇，可面对喜爱的事物，就要尽情地赞美。生命的吝啬多于慷慨，寡义多于深情，而在一整个秋天里，我总能感受到那些古老的柔情和万物的深沉，默默地引领着我，带我去往更广阔的边界，去寻找更平实的沉淀，去感悟更深远的存在。

从山间离开，大巴开得飞快，秋色仍旧绚烂。

稻田上的云朵漫游，人们有了遐想；红色的枫叶落入孩子手中，童年有了色彩；松涛阵阵，拂动姑娘的裙摆，世界懂得了温柔。

我，闭上眼睛，也能看到明媚。

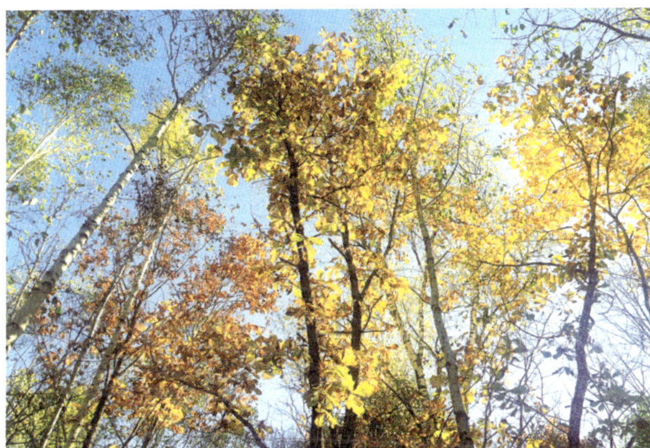

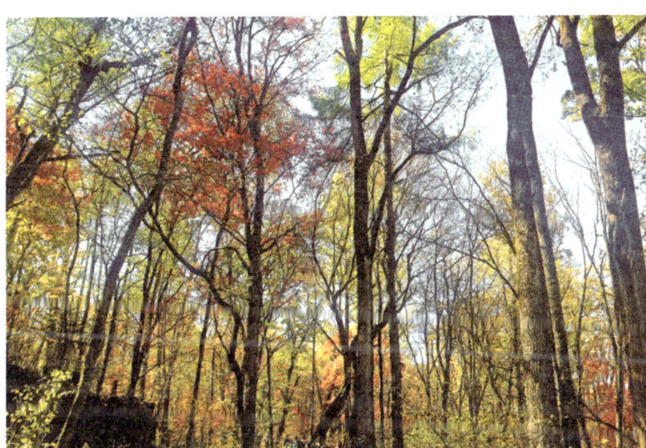

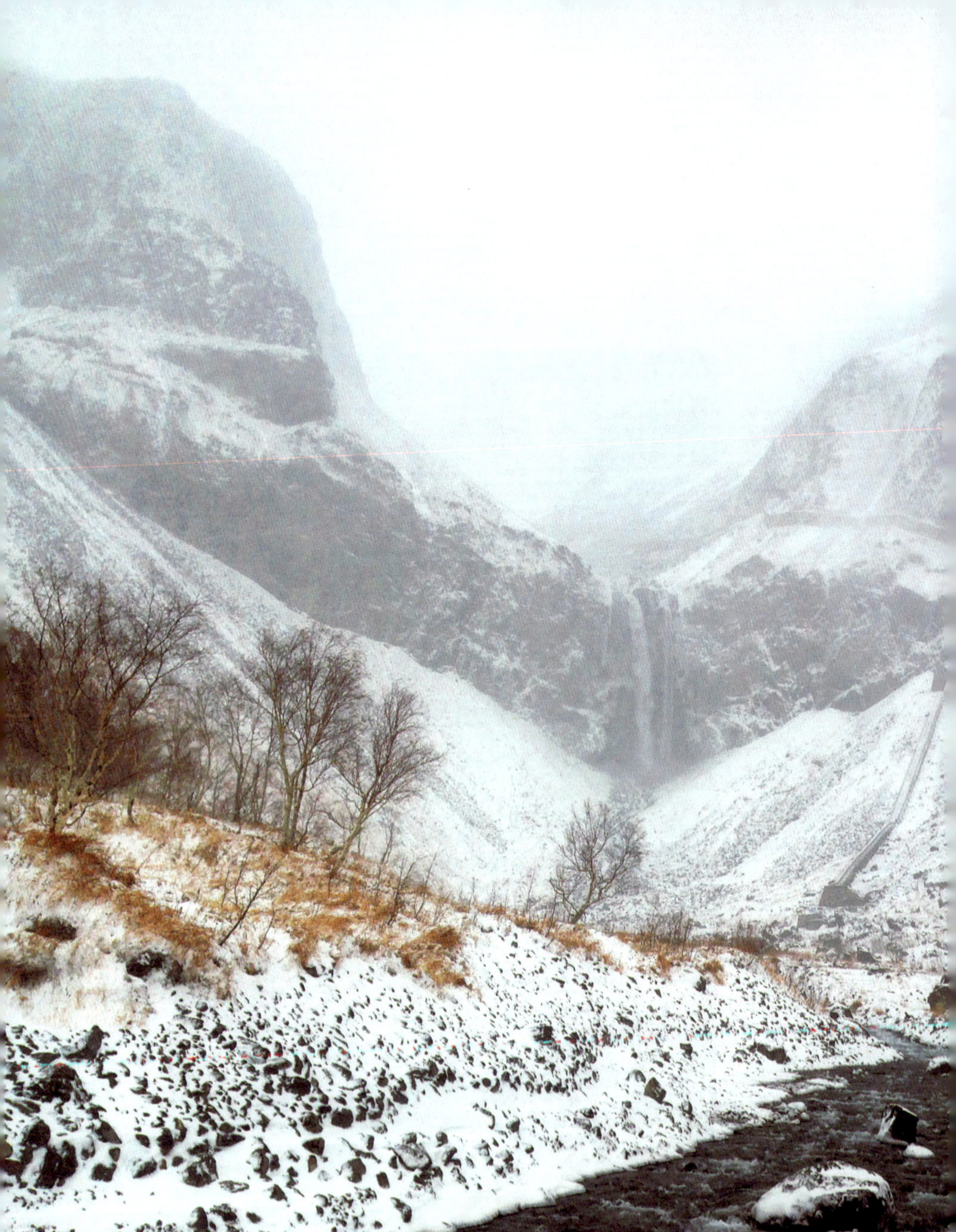

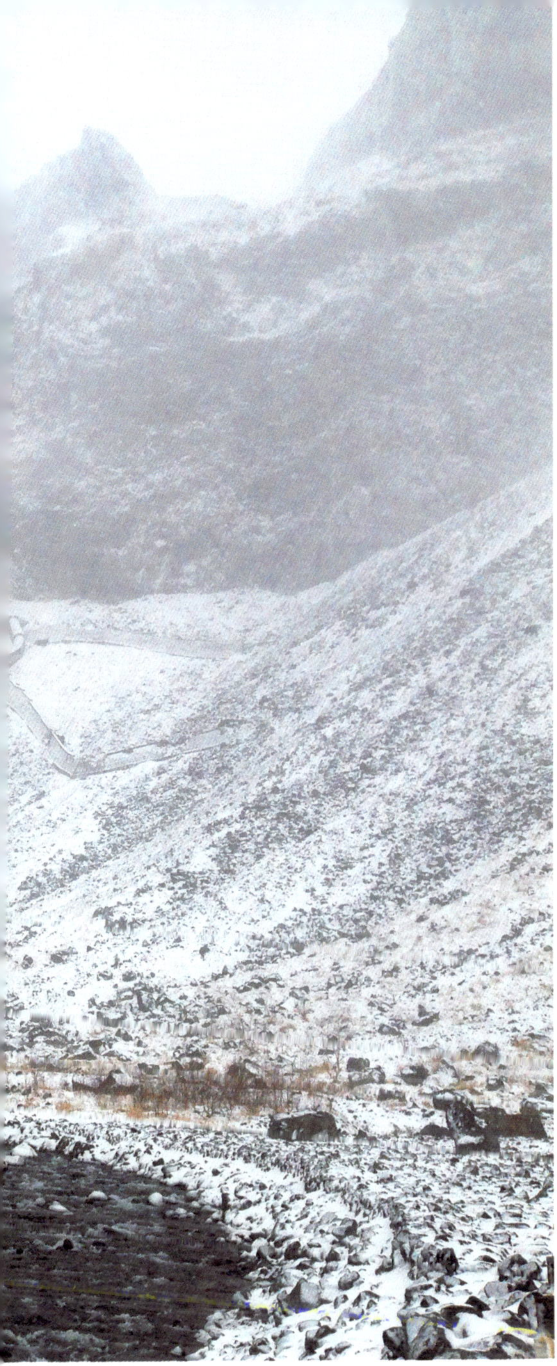

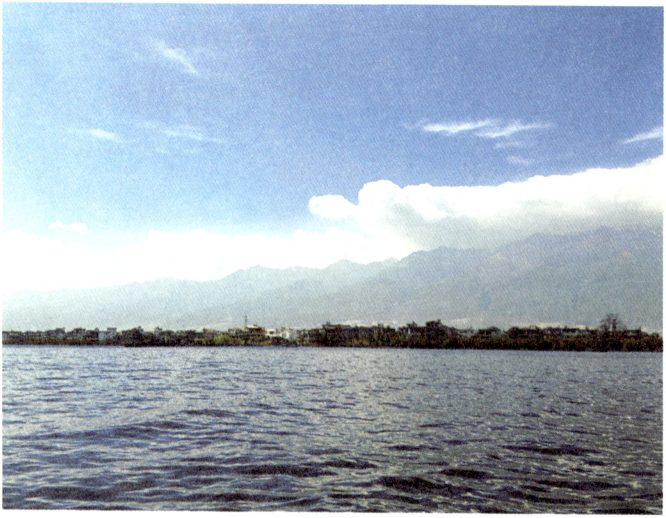

岛屿云烟

上岛那天浓雾，我想着，这么大的雾还能开船吗？接着就看到一辆又一辆货车驶上轮渡，车厢里装着杂七杂八的货物，其中一辆车里装满了个头不大的猪，散发着难闻的气味。

一个穿着骑行装备的男生推着自行车也登上了船，他把车停靠在货车旁边，很利落地锁好。这时，轮渡的工作人员冲我们招手，催促我们赶快登船，两个朋友说，等把烟抽完再上，紧嘬了两口，朝船上跑去，落下的小雨里，已经夹杂了一些雪片。

船舱里飘荡着一种被抑制住的腥味，人并不多，三三两两随意地坐着或躺着，正对着舱门有一间很小的杂货铺，能看到海景的玻璃窗前，摆着些看上去放了很久的矿泉水和方便面，铺子里面并没有售货员。正对着杂货铺，挂着一台电视机，播放着综艺节目的片段，乘客们的注意力大多都被它吸引去，却没有一个人被逗笑。

我挑了一个靠窗的角落坐下，两个朋友坐在身后，他们看上去很累的样子，都闭着眼睛，不知是醒是睡。我透过窗户看海面的情况，船已经缓慢地离岸，码头上剩下的船只挤在一起，在风中停泊。

很快，我的视线便被浓雾遮挡，眼前只剩下一片偏灰的白，也不再能辨别方向，就连之前的雨丝和雪片也不见了，一切都在混沌之中，船体有节奏地轻微晃动，却感觉不到是在前行，一种很真实的无趣感涌上心头。

我把目光收回，感受到了疲倦的侵袭，便闭上眼睛，试着削弱所有感官，可船舱里的声音却不住地涌入耳朵：船体被海水拍打的声响，有人咳嗽了几声，有人在打电话说"孩子打过针了"，有人在吃一种很脆的食物……这一切搅拌着，不分伯仲地，均匀地把我包围，我努力想厘清思绪，却只能任它们杂乱地降落。

窗子透进细风，一缕一缕地吹在脸颊上，又钻进领子里，带着湿度，身体也感受到了寒意。并不是多么剧烈的冷，我却不由自主地打了一个寒战，下意识地裹紧了一下衣服，还是懒得把眼睛睁开，意识开始渐渐薄弱，身体随着船体晃动着，哗，哗，哗，于是，似乎是做了一个梦，或者只是挂在半梦半醒之间。我不敢细琢磨，一较真儿睡意就会变弱，只能任着它胡来，把梦境与现实肆意混淆。这种状态在旅途中常有，却记不得是在哪些时刻，熟悉感也并不强烈，如同老旧的记忆，不敢深究。

终究还是睡了一小会儿，"醒醒，醒醒！"朋友拍了拍我的肩膀，睁开眼的一瞬间，不适感紧随而至，是一种低气压的空落感。船舱门开着，风灌了进来，乘客们顶着风拖着步子往外走，我背起包，跟在两个朋友身后，他们刚才也睡了一觉，不太精神的样子，可等一出了船舱，都立马被冻清醒了。

装着杂货和猪的货车先驶上岸，骑车的男生利落地跟在后面，我们和一群乘客站在更后方等待，不急也不慌，捂着鼻子挡住难闻的猪粪味，又往后退了两步，多少能避些风。朋友递给我一支烟，我摆了摆手，打了个大大的哈欠，就更觉得冷了。试图往远处望一望，还是看不穿的浓雾，还是飘着的小雨加雪，仿佛一切都没有颜色，没有热度。

上了岸，一个拉私活儿的车主拦住我们，询问我们要去哪里。我们回答不上来，本来也没有什么目的地，便表现得多少有些冷漠，可车主并不罢休，一路跟随，最终我们被他打动，或者说是烦了，上了他的车，他带着我们去找宾馆。

车主很兴奋，一路滔滔不绝，他说现在是淡季，没什么人上岛，大多数店都关了，夏季的时候人们都会住渔家乐，包食宿的，他知道两家还在营业，问我们要不要过去。我们说："去吧，听你的。"他就开心又得意地把我们带过去。

第一家接待我们的是位老太太，她说只提供住宿，不管吃的，我们看了看房间，条件很差，便委婉地拒绝了。到了第二家，整家店里都没人，车主自作主张地带我们去二楼看房间，房间还是不错的，但是店主迟迟不现身。车主在院子里转了一圈，喊了几声，还是没人出现，他又打了个电话，说了一堆我们听不懂的方言，然后无奈地通知我们，这家店不营业了。我们只好说："那就随便找家宾馆吧。"他问我们有什么要求，朋友说："有无线网络就行。"可这么简单的要求却难坏了车主，他一连带着我们去了几家，都没有。最后我们意识到，这个车主并不靠谱，他带我们去的似乎都是能给他带来提成的店，于是我们便让他把我们在街边放下，自己走路去找宾馆。

车主有些不开心，想要发作，无奈我们三人都板着一张脸，不像是好欺负的样子，他便只能作罢，说："你们去找吧，肯定也找不到。"我们没有再和他争论，正常付他车钱，往前走了几十米，便看到一家宾馆，我们想要的东西都有，价钱还便宜。

在房间里休整了一下，身体也暖了过来，我站在窗前，看见雨停了，眼前的街道呈现出一种别样的冷清，像台风过境之后，也像被岁月遗忘，店铺大多都关着铁门，法国梧桐上没有一片叶子，偶尔有一个行人急匆匆走过，收紧的衣服低着的头，和凹事擦肩的样子，这样的景象，使心情怎么也明亮不起来。

"出去逛逛吧。"朋友提议道。

三个人把厚实的衣服都套在身上，我裹了一条围巾，想了想，又戴上了帽子，然后三个人在宾馆门口石头剪刀布，来决定向左向右还是向前走。宾馆的老板娘从门里伸出头来："你们要吃东西就往后面走。"她指了指宾馆这栋楼的后面。"那里还开着一些店。"

我们笑着道谢，绕了一个弯来到了一条类似市场的街道。两侧有一些铺子，卖水产的居多，店主都穿着雨靴，插着手站在柜台后面，戴着口罩也不吆喝。朋友想买些咸鱼干，可看了看店主一副爱理不理的样子，便作罢了。

好像由于天气冷的关系，人们失去了生活的热情。

这条街的道路黏湿且不长，走到头才看到一家饭店，玻璃门里停着辆摩托车，摸不准是不是还在营业，但至少看上去没有让人想进去的欲望，加之我们还并不饿，便想着再走走，于是在街道的路口左转，没走多远，便走到了尽头。终归是个小岛，每条街道都被海水堵住了出口。

我们看着这一片平静的海水，各自无言，所有情绪的出口，似乎也都被堵住了。

到这座小岛之前，我和两个朋友的旅程已经进行了好些天，开着车行驶了上千公里，途经的风景也悉数逛遍，旅行一开始的热情与活力都冷却了下来，身体也透出了疲惫，彼此好久不见后的新鲜感也都被聊尽，多数时候变得无话可说。

我不知道他们是怎样的感觉，只于我而言，多少会觉得有些嫌隙与沉闷，多数时候已不再与他们分享心绪，更多的是去想自己的心思，对于一些无聊的玩笑，也只是讪讪地回应。可每每想到这些，又会为这样的自己感到羞愧，因为这对同行的伙伴们，多少也算是一种背叛，好在他们没有察觉或是并不在乎。我甚至也不怀好意地揣测过，对于他们来说，是不是也有过这种不再把重心放在朋友身上的时刻，从而相互之间同时丧失自重感。

好在这些都不是大问题，情绪的翻腾与思潮的涌现几近相同，只要没有爆发的时机，就还是属于自己的机密，不用轻易示人。

好在还有一杯酒可以暖身。

我们在黄昏时刻走进一家木屋小店，烤着炉火，推杯换盏，气氛被酒精一搅拌，又变得融洽起来。

小店的老板上身穿着皮草，下身是皮短裙，看上去就是个精明又闯荡过四方的女人，讲义气，有很多哥们儿。我们猜测这些哥们儿中，哪些与她有染，哪些对她是真心的。她会不会真有蓝颜知己，会不会把爱情留在了人生的某段岁月？

我羡慕所有人生跌宕、有经历的人，我和朋友聊起这些，他们不置可否，我说希望自己在年老的时候，能很淡然地体悟到"是非成败转头空，青山依旧在，几度夕阳红"的意境。

朋友说，人老了自然看开的事更多些。可我说的不是看开，是经历，是千帆过尽后的不惶惑。但我也明白，即便我们有预想的未来与向往的生活，要过的也只是眼前的日子，不能急也不要盼，怎么过都会有一些遗憾。

那日的酒并没有喝得过多，我们离开木屋时，夜色早已等在门外，街道比白日里更加冷清，我却又因这冷清生出一种别样的惆怅，风停了，路灯不摇晃，我们故意大声说话，走过一家又一家紧闭的铁门，像是要把人吵醒引起注意。

远处山顶灯塔的射灯来回地扫过，我却仍旧看不到星星，宾馆的老板娘坐在吧台前绑海参，看到我们回来只是笑了笑，我们回到三楼的房间，纷纷倒在床上，胡乱地说了几句话，朋友便响起了鼾声。或许真的都太累了，我也一样。可我的头脑却又格外地清醒，好像在这小岛的夜里，我有责任再做些什么，但却又不知该做些什么，撑起身子给自己泡了杯茶，点了一根烟，便无所事事了。

好像生命中有太多的时刻都是如此。想要努力做些什么的时候，却发现根本无事可做，又不想日子随意地混过去，有些无形的严苛在绑架着自己，却又误以为是应该，是宿命，是自己区别于他人沽着的态度。

此时，我似乎又把自己看得透彻了一些，这透彻并没有让我感到受益，但也不羞赧，只是透彻罢了。

醒来时的清晨，天空还是没能拨开云雾，云雾反而压低下来，遮住了远处的山顶，风更凛冽地刮着，却也刮不来一丝晴朗。

我们包了一辆车，让司机带我们沿着岛屿的边界转一转。司机话不多，每到一处就把车停下来，我们下车，他便在车里等我们。我们越过公路的尽头，穿过偶尔的人烟，翻过警戒的栅栏，攀登上峭壁，站在粗粝的岩石上，眼前就是一片完整的海洋，视线里再也没有其他的杂质。

不是蓝色，是海天一色的灰，是静止的磅礴，是浩瀚的苍凉。

这景象让我难以平静，这景象能够予我纾解，我告诉自己做的终究是对的，奔波千里，来看一场冬天的海，不看它的繁华，不看它的美景，不看它包容一切的柔情，只看它概括所有的荒凉，把无力摊在你掌心，写下渺小。

从峭壁上找到了一个缓坡下来，站在几十米高的峭壁间，风静止了，抬头望，是粗暴的压迫感，仿佛巨石随时都会砸下来，把自己掩埋。海风还在外面吹着，在离我几米远的地方，但就是吹不到身上；海水层层叠叠地漫过来，也抵达不了脚下。我似乎找到了一种对立感，一动一静间的互相藐视，像极了我们大多数时刻和这个世界对抗的方式，要不欢欣，要不沉默。

朋友也都靠了过来，说："真冷啊，回去吧。"我却执意要多站一会儿，他们也就陪我多站了一会儿。我看着远处的烟波浩渺，背靠着坚实的岩壁，不再生出大于自身的感慨，不再思考远古巨大的命题，只是觉得一切都异样平静，我向前几步，海风就撕裂开情绪。

你是最新的荒凉、最旧的等待，你是最远的长风、最近的蓝色，你是望不穿的浓雾、看不清的自己，你是这世道最难的抉择、手边最后的凉意，你是灯塔，你是暖冬，你是岁月绵长的酒，你是每每想到便觉山穷水尽，也觉海阔天空。

坐在车里往回走的时候，又下起了雪，没有掺杂一丝的雨，透过车窗我看到来时一起乘船的那个骑车男生，他正朝着我们回来的反方向骑行，身体在风中被吹成了弓形。

看来这世界并不止我一个人真诚地热爱着荒凉，或许也不止我一个人需要借助外力来让自己释怀，在这座被云烟覆盖的小岛上，我又把一些执念放下，可这些又没有人真的懂得，于自己也渐渐成了说不清。

但我明白，有些看似无用的事情还是要做一做，去听一场好风长吟，去看一眼远方的人，在心里留存一段深情，不与人说起。

乘船离岛的情境和来时并无二致，船舱里还是三三两两躺着或坐着一些人，还放着不好笑的综艺节目。我还是坐在靠窗的位置，被海雾遮挡的视线，疲倦的身体，透风的窗子，我合上眼睛，仍旧半梦半醒。

"醒醒、醒醒！"朋友叫我。

睁开眼睛，站起身往外走，出了船舱，云烟已经消散。

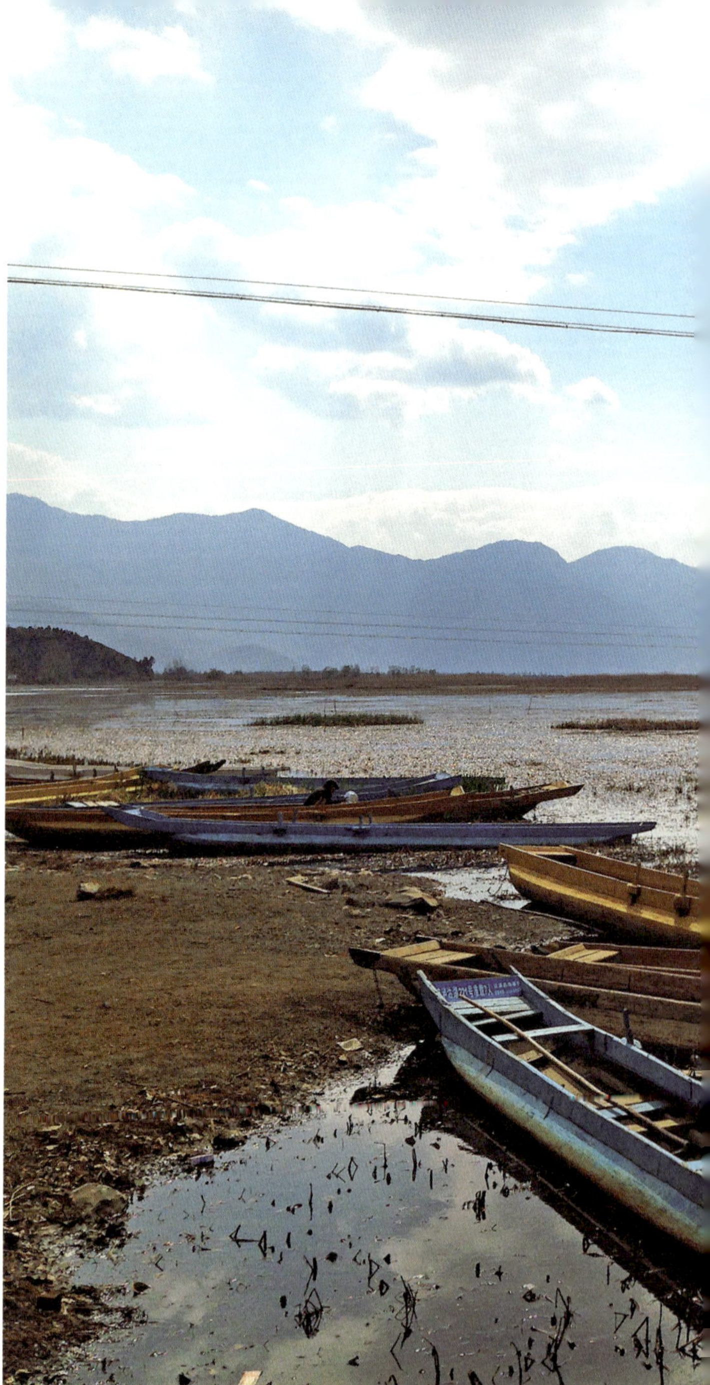

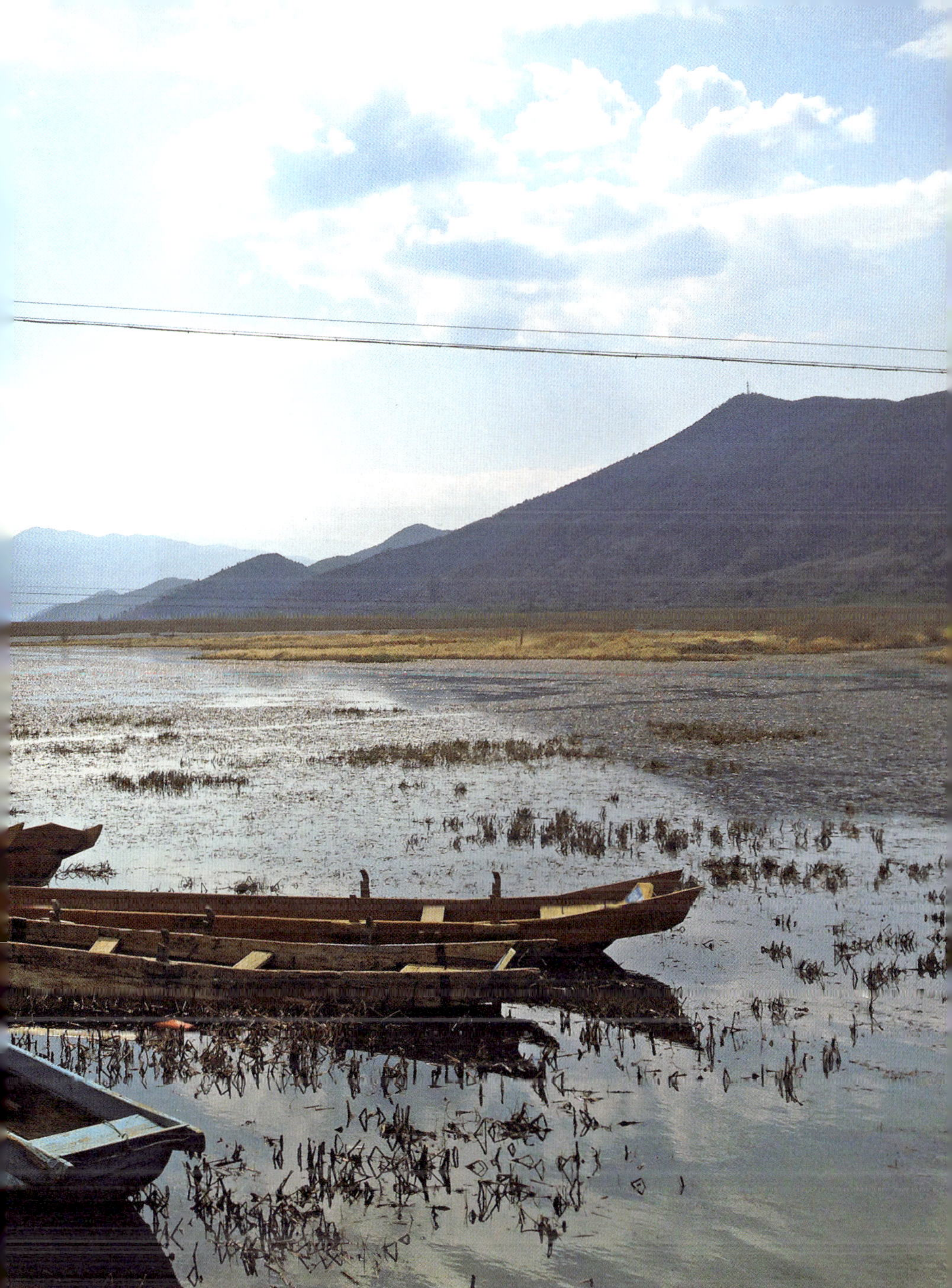

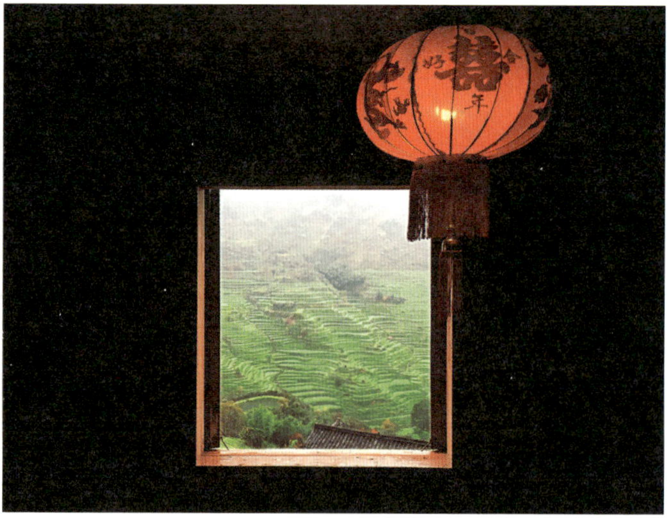

你不要担心

好多年没见到你了。

终于也活到了可以用"好多年没见"来当开场白的年纪,岁月的流散也从感慨变成了实打实的证据。青春悄悄地退场,人间的嬉闹都换了一种方式,清晨的粥比夜里的酒好喝多了,爱一个人也不慌张不惶惑,精神和物质上都不想再依赖谁,世界上所有的东西,大多相似,也觉得不过如此。

你那天突然问我过得好不好,我不假思索地回复挺好的,后来我们又匆匆地聊了几句,就各自忙其他事情去了,没有多年不联系的陌生感,也没有杂沓的激动之情,如同所有的日子终归要归于平淡,不动声色地去度欢喜和悲愁。只是事后过了很久才有所察觉,我那句"挺好的"像极了敷衍,知道你是个容易多想的人,会怀疑我这话有说谎和逞强的嫌疑,便想着如何给你解释一下这句"挺好的",可总怕短述词不达意,便抽了个深夜,把窗户关上,写一写。

前段时间我一直住在南方的村子里，那儿初冬的时节也仍旧是浓重的绿色，与北方灰褐色的大地、茫茫的白雪比较，总是多出了些新鲜感。只是这里的天气不总是晴朗，山间长久地飘着云雾，日光难得见到几回，雨倒是说下就下，空气也时刻柔润着，再多一点儿就成了雾气，在清晨可以看着它们缓缓地飘进开着门的屋子，再飘出去就成了炊烟，飘过屋角生了青苔。

我到这边并不是闲住，那时在写一个剧本，在城市里总是静不下心来，整天无所事事仍旧觉得烦躁，北京的空气也不好，窗外一片灰蒙，像极了小时候秋收后村庄里的烧荒，气势汹汹的浓烟把整个村庄都笼罩住，推开窗就能闻到野火燎原的味道。我于是买了一张很早的机票，天刚微亮就赶往机场，在飞机的轰鸣声中睡了一个不长不短不太舒服的觉，出舱就已是南方氤氲中的阳光，不那么透亮，但足够温暖干净。

住的村子很偏僻，离最近的县城也要50多公里，一天两次从县城开来的班车，在距离村子3公里的地方停下来，再走一条蜿蜒的土路，才能进得村子。隐在山谷里的白墙黛瓦，似已落满灰尘又被雨水冲刷净，透着股老旧的清爽，又如某段心事，裹着茫茫的雾，和秋天相容。

我住在村中心的一户农家里，他家三代四个人，经营着只有三个房间的小旅馆,房间都异常简陋,连把椅子都没有,但还算干净,被褥散发着山菊花的味道。家里的老人,60多岁的老太太,主要负责做饭,柴火烧的大锅永远冒着热气。小孙女还不到两岁,走起路来都费劲,整日缠在母亲怀里,她的母亲除了看孩子,似乎也没什么其他的事可做,所以对孩子的态度比印象中的一些农妇要温柔许多。男主人话很多,但大多时候我又听不懂他在讲什么,这家小旅馆主要靠他拉客人,他整日站在村口,看准时机把陌生人领回家。

他们都很善良,但我始终和他们熟络不起来,或许是生来抗拒陌生人的性格,我在接受他人的善意与恶意时都会惶恐,也更抵触由于不熟悉而强装出来的热忱、没话找话的尴尬,你一言我一语,似有套话的嫌疑。

在这世上,每多了解一个人,都会多增添一份心理负担。我一直不爱多交朋友,也是因为这个,我怕和一个人不熟,却也怕太熟。把每个相遇都当成过往,欢喜有时,悲戚有时,三两年后就都忘了,只把少数的人放在心中,偶尔惦念,挺好的。

我在村子里的生活很平缓,或者说乏味更准确些。村庄的夜晚静谧又绵长,下午6点天就黑了,只剩下窗口发出的微弱灯光,还能捕捉到一丝生气。夜里的气温也跟着天光往下降,屋里没空调，一条电热毯铺在床上。我早早地钻进被窝，靠在床头写一些文字或是看一部电影，所有的事情都简单而纯粹，那些在平日里轻易跑出来的杂念都躲到了夜色后面，不冒头。床头灯微弱地亮着，像炉膛里的一团火，给予我精神层面的暖意。窗外偶尔有风声，但我明白那不是呼啸，也没有料峭向北，它只是恰巧路过一个人的夜晚，探头多看一眼，不管有没有探到消息，都要离开，融入那广袤的静寂。

有一条小溪从村子中央闯过，水是从山涧流下来的，地势有些陡，再路过各家门前时，就激起了哗哗的声响，给村里平添了些动静。妇人们都在这溪水里洗衣、洗菜、洗碗，我沿着溪流把整个村子逛遍，也没能多遇上几个活跃的人，倒是两次路过同一条狗。那狗长得像警犬，但又比警犬小很多，它把身子横在路中央，我走过去，它就缓慢地抬头看一眼，不是老狗的迟缓，是纯粹的懒洋洋，当我再走回来时，它就慢慢地跟上我，一直保持着让我放心的距离，跟到我住的房屋门前。

我不明白它是什么意思，猜它是饿了，可手里也没有能喂它的东西，就去商店买了根火腿肠，打开包装扔给它，它小心翼翼地叼着跑了。隔天早晨我一推开屋门，它就蹲在门前，看样子像来了很久，我出去散步，它就跟在我身旁。路上遇到了一只红顶的鹅，很凶，押着脖子要咬我，这条狗就冲过去对鹅狂吠，把鹅追掉了好多毛，我看着很解气，还笑了好一阵儿。

我就这么和一条狗建立了感情。

往后我每天推开门,都能看到这条狗蹲在那儿等我,我有时会给它买火腿肠,有时也不会买,它也不要。我带着它,或者说是它领着我在村里到处转,但村子实在太小了,我故意走了所有弯路,还是很快便能逛完。它再把我送回家门前,我一进屋,它就扭头走掉了,然后傍晚还来。

那天我进了屋子,想了想又走了出去,悄悄地跟在它身后,想看看它到底是谁家的。我再次穿过那些都已略微熟悉的街道,看着它钻进了一扇虚掩的破旧木门。我也跟了进去,刚跨进一只脚,就听到砰砰砰有节奏的敲打声,是厚重的铁器敲打在厚实软绵之物上的声音。我循着声音望去,昏暗的房子里,一位老人在木质的小工作台边做活儿,圆形的铁器敲打在一沓白纸上,白纸就有了半透半连的孔洞。我问这是在做什么,老人也不问我是谁,用方言回答我。我大概听懂了,他说这纸是上坟要用的,他又问我你们那边上坟不烧这个吗,我回答我们烧的都是黄色的,他说哦,差不多。

环顾整间屋子,阴冷狭小,到处都堆放着白纸,回荡着铁器的声音,狗在我身旁转来转去。我和老人也没再说什么,知道他有生意做,是手艺人,又仿若看到了些潮湿的石板路,磨圆的墙角,一直往古旧的岁月里跑。

我离开院了,回头看狗趴在老人脚边,就泛起了些悠远的安心。

　　我的剧本写得还算顺利，每天差不多都能写两千字左右，这用不了我太多时间，太阳出来的下午，我就坐在门前的木凳上，与村民们房前屋顶的黄秋菊和红辣椒一样，需要晒一晒。

　　那样的午后时间都是缓慢的，裹挟着些许的倦意与恍惚，盯着某一个屋角或远山，都已是虚处，不去刻意想些什么，只任思绪胡乱飘荡，好多忘却许久的或是未曾感知的情绪都会不期而遇，也不太会泛起什么波澜，心事静谧着，也渐渐辽阔着。

　　天空高而不远，远山远而不高，风吹过的时候刚好，阳光落在身上微茫，在某一刻，我心里无预兆地动容，如熟透落地的种子，把自己交给秋的落叶，排队离开的候鸟，沧浪之水上的月，好像接下来一生的事情都有了着落。

　　傍晚时我回到屋子，走进厨房，看着老太太炒菜做饭，灶台下的木头发出噼里啪啦的声响，我蹲下身子，帮她烧火，闻着木头和饭菜的香气。她有一搭没一搭地和我说话，我大多还是听不懂，但也大概明白她的意思，应和着，等着饭菜出锅。她分出一份给我，还总怕我不够吃，我一个人坐在桌前，吃着口味陌生但还算好吃的饭菜，喝一杯杨梅酒，看天色渐渐变暗。

　　杨梅酒是用 50 度的白酒泡的，度数高可也甜丝丝的，我有时喝一杯，喝完回屋一切照旧；有时喝两杯，就会晕乎乎的，抽根烟，想找朋友说说话，但又谁也不想打扰，于是泡杯茶，看黄菊花在杯子里绽放，可以看好久。

我并不觉得孤独。

我也不害怕孤独，孤独这个词在我少年的时候就被用滥了，怎么别出心裁地讲，都别扭。我有时会思考，要到什么时候，才能和这些俗套的感受一一告别，像中年人一样，去平和地过一成不变的生活，看过了万家灯火，就该守得住万籁俱寂。

我决定离开村子的时候，剧本还没有写完，我现在对于写作这件事释怀了很多，当我明确自己一生都将和它打交道的时候，就没那么急了。离开的那天清晨，飘着细小的雨丝，老太太给我做了白粥和水煮蛋，站在桌旁看着我吃，还是说一些我不太能听得懂的话，我应和着，她就抹起了眼泪，这让我有些惶恐，宁愿去相信她是有眼疾，或是自有些伤心事。我还是不太会化解人世间过于质朴的情感，还是习惯把深情都化为笑话讲出来，有如很多个寒冬里，我本来想伸出的手，最后都揣进了自己的口袋。

我提着行李往村外走，那条狗又跟了过来，它在村口停下，不叫也不蹭我。我走了很远，回过头看它，它早就掉头回去了，我觉得这是条很酷的狗，比我懂得隐忍。

我走了很久才走到班车的站点，点了一根烟，想着往后是要做一辆缓慢的火车，各站停靠，还是要做一列快车，只为几个人短暂停歇；再或者，做一个小站，永远停在原地，一生都是守候的姿态，却又觉得，这些都不好，都有故作潇洒或深沉之嫌。那就还是做一个人吧，固执又善变，欢喜又忧愁，踏遍四野，安居一隅，写广博的文字给少量的人看，隐忍于希望的诱惑，活得像河流般绵延深情。

这样也挺好的。

终于又说了回来。

我说了这么多，其实也只是不想再让你担心，经过了这些年，我已经懂得了这个世界上大多的规则，也学会在这里面周旋适应。受过一些伤害，也尝到了些甜头，把这个世界看得更明晰了一些，不难过也不欣喜，只是知道了，哦，原来就是这样。这些你肯定也都体会过了吧？

你也不要再担心，我对这个世界是否还抱有恶意，是否还是觉得人生无意义。是的，我偶尔还是会这么觉得，可已与当年的那般绝对不同了。我现在很少再去思考这些问题，因我认为去思考这些事情本身已是无意义的事情，生命自有起止符，该来的来，该散的散，我们无力左右，那就随它去吧。这些你肯定也都明白了吧？

我挺喜欢自己现在的状态，不轻易慌张，不随意发脾气，也不长久亢奋,大多数时候都能够静下心来去做一件需要耐心的事。我忘记了在什么时候突然明白过来,或许往后的人生中与自己相处最多的就是自己了,在内心偶尔不安分的时刻,总得要有什么来提醒我一下,于是我前段时间在小腿上文了两个字:慎独。有点儿疼,你别笑我。

你曾经对我说过,希望有一个炽热的人,死皮赖脸地爱着你,但我越来越喜欢万物不动声色的永恒,不再相信人类所说的永远。我并不觉得悲哀,这是常态,如所有日升月落,江河入海,都是平常之事,你也不用挂在心上。

我其实还挺期待与你再见面的,我们可以喝点儿酒,但不聊往事,也不提现在,所有艰难的日子都过去了,夜风有点儿凉,我们不说话,只是笑。

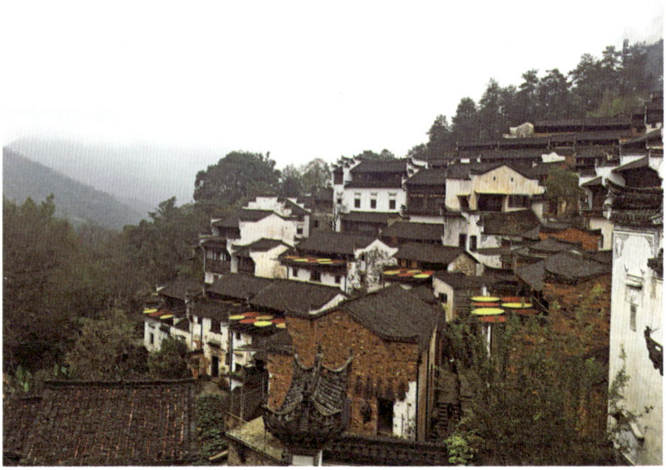

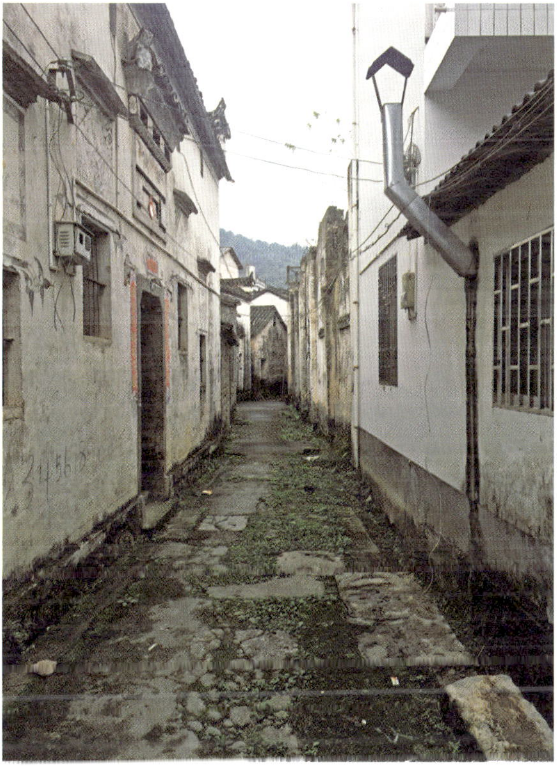

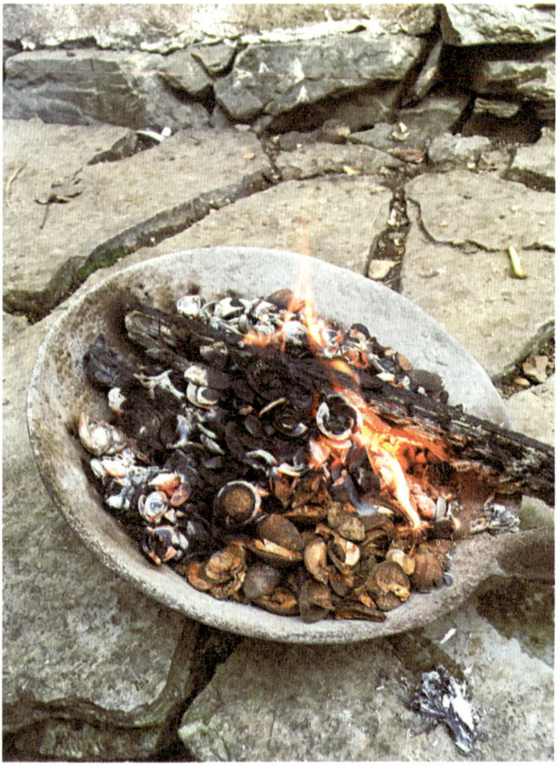

我点燃那炉火

有几年没看过日出了，确切地说是从来没有特地看过一场日出，记忆中能搜寻到的关于日出的场景，都来自偶然，或本是陪衬，是突发的及没有察觉的状况，如赶路时的远景，熬通宵后的窗外，被尿憋醒的清晨，旅行昏睡时的天光。从不觉得它特别，也从来不期待，没有错过的遗憾，和生命中大多数重复出现的事物一样，早已习惯且觉得它就在那儿，不会走失，不必刻意索取。

所以，那天起早去看日出也是不太情愿的，如果不是旅馆太冷，隔壁的游客在走廊里嬉笑，我也不会醒过来。翻了个身，后背还是有风透进被子，睡意还剩一半，另一半在纠结，意识里知道是清晨，也知道隔壁那一家游客是要去看日出，可我并没有起床的冲动，也不想离开被子里残存的温度。于是我又裹了裹被子，想着还是继续睡觉吧，这时走廊里又传来了木质楼梯的咯吱声，以及导游卓玛轻轻的说话声，我的脑子里闪现出她昨天大嗓门说话喝酒的样子，在回宾馆的时候她说："喂，明天早起去看日出吧，泸沽湖会变成金色的。"她当时喝醉了，很开心又很认真。我点了点头，心里却并没有完全答应，觉得导游的话听一半就够了，他们最擅长夸大和诱导消费了。

在外处处谨慎，听起来是好事，可也会意识到人活得过于警觉，其实是被困在了自我认知里，对世界满是怀疑，无趣且悲哀。

那句"泸沽湖会变成金色的"还是起了作用，金色的湖泊会是什么样子的？我在心里打了好几个问号，那几个问号像是要抓紧处理的烦心事一样，把我最后一丝睡意和懒惰都驱走了，我猛地坐起身，利落地穿好衣服，出门迎接那似乎带着冰丝的空气，佝偻成一团，走下木质楼梯。那咯吱咯吱的声音，过了很久我都会觉得和寒冷有关。

出了宾馆，走过一条狭窄的街，穿过一个村庄，四月的风还没苏醒，村子也没苏醒，全都是外地游客的痕迹，他们三三两两朝湖边走。还在睡梦中的当地人不知道村庄已被"占领"，在他们那浩浩荡荡的梦里，还有昨夜的酒醉和早春的余香，这些游人根本入不了梦，只是一浪又一浪的声潮，和每日飞来觅食的鸟群一样，分不清这一批和下一批的区别——都是清晨出动，午后小憩，傍晚归山林。

湖水挨着村庄，岸边已经站了很多人，摄影爱好者们抢占着有利的位置，不拍照的就沿着湖边闲逛，有几艘木船在湖边随着波浪晃动，昨夜的星辰还有几颗留守，湖泊的边界是群山的剪影，在剪影和灰蓝色的天空夹缝中，有一抹淡淡的血丝状的白。太阳就从那里升起，每天有不同的人群在迎接，日复一日，如同长久的仪式，也像固定的演出，日子久了也就分不清谁是观众。

我在那短暂的等待中思考着一个问题，分散在地球上的人类，拥有的是同一个太阳，但因地域的原因，有些日出万人瞩目，登高守夜只为看它一眼，有些日出却永远在被忽略，日升日落乃是平常之事。那这平常与瞩目之间又相隔着什么呢？是什么让太阳似乎分出了一万个化身供人赞叹和敬仰？是山川还是湖海？是流云还是薄雾？抑或是被笼统地称为风景的东西？对那些守候日出的人来说，更重要的是日出还是有风景搭配的日出？抑或连日出也融入风景之中，混为一体，两者相辅相成，再被相机捕捉，映入照片中。这里的日出，那里的日出，太阳像球型香肠般被切成了薄薄的片，散落各地。

和这个世界上大多数事物一样，能够看到的，都是切片，风景是，建筑是，故事是，人也是。

在我年龄很小的时候，差不多是十岁以前，某次在课外读物上无意中看到了关于纳西族的描写，记住了几个关键词，丽江、泸沽湖、母系社会、不通公路。那时还搞不清丽江和泸沽湖的区别，当然更弄不懂什么是纳西族，但却在心里懵懵地埋下了一个愿望，想着以后要去他们那里看一看，母系社会，不通公路，在年少时的我听来，都是很酷的事情。

后来逐渐长大，对那两个词有了新的理解，除了闭塞和原始之外，更多了层神秘，然后又在新闻上看到泸沽湖修了公路，心里竟泛起一些文艺的酸涩，觉得去看它不用再耗费很大的代价，很多并不是真心向往的人也能轻易前往，就如同把西藏奉为心中圣地的人得知西藏通火车后的感觉一样。当少数变成了大多数，就不特别了，也失去了崇高与惦念。虽然这种想法并不完全正确，但我在那时，确实有一些小失落，以至于成年后的很多次旅行，都有意地规避掉了靠近它的路线。

所以这次来也是有些犹豫的。在此之前，我在丽江住了很长一段时间，每天喝茶写东西，傍晚跑步，夜里喝酒，日子过得优游闲散。有过无数次前往泸沽湖的念头，但又都被当时一些很小的琐事打断了，自己心里明白，这么多年过去了，已经对它失去了曾经的热情，或者说对生命中的大多数事情都失去了一部分的热情。人越活越坚强，越活越坦然，相对于单个事物就缺乏了饱满的热情，这也是合理规避失望的方式。

而对它残存的一点儿热情，却又在与懒惰相对抗，我和客栈里的人打听过，光是从丽江前往泸沽湖的大巴车，就要行驶八个小时，我反复权衡着这来回十六个小时的车程，无聊和倦意充盈着我的想象。可最终又被年少时的自己所打败：我只在一个夕阳下落的瞬间，看到了一个小孩站在地图前，仔细地寻找着心中向往的圆点，便明白有些欲望是搁浅不了的，它如同一颗颗图钉，按在了所有岁月的角落里，人们要用一生的时间去和它做斗争。遗憾从来不是美好的，它还有个名字叫求而不得，所以，要么遗忘它，要么满足它。

前往泸沽湖的大巴开得早，清晨五点我们就要到指定地点集合，那时天还一团漆黑，没有一丁点儿黎明的迹象，东西部日出时间的差异，每次都还是会让我多出几分诧异。我背着包行走在本该属于晨光的黑夜里，刚安睡下来的古镇充斥着一种疲惫，青石板和路灯空落地呼应着，那样的路走起来竟生出几分不真实感。

后来上了大巴，那种不真实感也仍旧存在着，我挑了个前排的位置，车开上路，离开丽江，窗外仍旧黑得望不透，车子摇摇晃晃的，我便有了睡意。昨夜我睡得不好，或许是有些小兴奋，喝了点儿酒还是睡不着，怪自己没出息，可又觉得毕竟是这么多年的一个念想，激动也可以理解。在车子上，半梦半醒之间，那种不真实感越发强烈，但我也似乎找到了原因，睡眠不足的混乱，愿望实现的恍惚，现实和非现实的杂糅，是种艺术手法，也大抵就是生活本来的质感。

车在爬山，太阳也在爬山，人们爬过梦境，和山顶的一缕阳光撞上，目之所及，仿佛一切都是崭新的，万年的旧物也褪去了沧桑，不再为黑夜沉沦，世界又更新了一遍，满是了然。

大巴停在山顶的公路边，有一栋房子依山而建的人家经营着早餐店，环顾四周的荒野，这营生也只能做给过往的车辆，所以也就没有什么精细的食物，一碗粥，一个煮鸡蛋以及有地方特色的油炸饼算是热食，泡在凉水盆里的黄瓜和西红柿算是凉菜，还是自助型的，想吃什么自己拿，吃过再结账也没问题，想赖账却没门儿，荒山任你跑，跑饿了还得回来。

我不太饿，看到狭小的屋子已经坐满了人，就捞了一根黄瓜站在路边就着风景吃。山间冷，水汽也重，薄雾还在林间徘徊，路的另一边就是悬崖，靠近看了一眼，看不到底，就对自己刚才一路上的昏睡有些后怕，又去寻找司机的身影，他捧着一碗粥蹲在路边喝，看上去稳重又好脾气的样子，稍微放心了一点儿。

车再上路，便没有了睡眠的空间，导游卓玛拿着话筒"喂喂"了几声，咝啦咝啦的音效在车内徘徊，她开始了一个人的表演。

卓玛30多岁，样子看上去很糙，不太注意打扮，感觉很干练和顾家。她说自己是纳西人，和一个纳西男人走婚，不和男人一起住，生了孩子自己养，一点儿都不给男人添麻烦。夫妇两人没有经济纠纷，她在丽江和泸沽湖两头跑，他们一周见一次面，光亲热还来不及呢，哪儿有时间吵架？她说这样的婚姻才是科学的。

她介绍完自己又介绍司机，说司机也是少数民族，在他那个民族，男人什么都不用做，吃饭喝酒打牌混日子，活计都交给女人来做。这位司机大哥是个勇敢的人，冲破了世俗的眼光，顶着巨大的压力出来工作，让我们大家给他掌声。

卓玛说，在我们这里，上厕所不要说上厕所，要讲唱山歌，所以游客们谁要唱山歌就和我说一下。她又说，我们这里"吃"都说成"干"，四声，一会儿我叫大家下车干饭大家就下车干饭，有一家的烧鸡很好吃，想干的人也可以去干烧鸡。她还说，现在车子已经进入了滇藏公路，滇藏公路就是能把心脏都颠出来的公路，大家一定要坐稳了，我现在给大家敬一杯酒，对大家到我的家乡来旅游表示真心的感谢。她说完就掏出一个小瓶子，倒了一杯酒干掉了，有人问她不会喝醉吗？她很豪气地抹了抹嘴巴说这算啥，我能喝二斤。然后又说要为大家演唱一首歌曲，于是随着那颠簸的公路，卓玛的歌声支离破碎跌跌撞撞地响了一路。

"泸沽湖"三个字，在我心中从来不只是个简单的湖泊名称，所以当大巴车一路贴着悬崖行驶，翻过了海拔3000多米的高山，厌倦、晕眩、耳鸣通通袭来又消散后，一个转弯，一片豁然，一汪蓝色突然映入眼帘时，那随着青山和天空变换着颜色的湖泊才在我这里确认了身份，惊艳地亮了相。

下了大巴，看着面前随风涌动着的浪，黄色、绿色、蓝色分层向湖中央铺陈开去，看着湖中的小岛，近处的矮丘，远处的山峦，变幻的云，荒了的草，吟唱的人，一种古老的忧愁与悸动腾然升起，身上的疲惫感瞬间荡然无存。

划船游湖，在水波上荡漾，被怂恿着喝了一口湖水，没有怪异的味道。

环湖大巴绕着泸沽湖转了一圈，我才知道它其实很大，比目测的还要大，跨在云南和四川的边界，四川地界的公路要比云南的修得好，但同样的是人极其少，荒野占据了绝大部分土地，游人比当地居民多太多。

在整个环湖的过程中，我几乎没下车，那时太阳已经西斜，我逆着光久久地看着湖水以及周围的群山，想着最初来这里的人经历过怎样一种机缘巧合才和湖水遇见，他们又是抱着怎样的心态留下来，从此世世代代不再离开，任凭外面的世界天翻地覆，都不再与他们有关，不被打扰，也不思量，每天清晨打开窗户过日子，傍晚收起夕阳暖炉火。

我猜他们最初一定是在坚守着什么。

傍晚的时候，我回到村子里，在等着吃饭的时候随意散步，走到村头的一棵大树下，看到不远处的高地上，两个年老的纳西族女人，穿着本族的服饰静静地坐在地上，不知是在看着远处的落日余晖和即将长出青草的荒草甸，还是在看湖水蔓延过来的浅滩，或是一头老牛，一片叶子，一缕卷尘风，一群游客，一只昆虫爬过鞋尖。

我觉得她们同样也在坚守着什么。

这个世界日新月异，这个世界也亘古不变。如果给我一个机会，我或许也能一生守着一座山一条河，终生不跨越半步，或许我还能守在一个人身边，一生不说半句谎言。

夜晚像一帘幕布，有时是拉上的，告知你喧嚣结束，曲终人散；有时是拉开的，演员就位，灯光亮起。

前一天，在所有人都聚集到那个大院里等候篝火晚会之前，我已经有些喝晕了。晚餐是在另一个院子里吃的，烤鸡很好吃，米酒也好喝。从北京来的四个老大爷拉着我喝酒，他们都70多岁，年轻时是战友，年老了决定四个人在全国走一走。听他们断断续续地讲故事，酒也就一杯接着一杯地碰，我在某些时候是喜欢和年老的人打交道的，从他们身上能够得到很多睿智的或沉淀过的道理，来纾解我自己想不通的事。

卓玛跑过来敬酒，脸颊红扑扑的，看来已经喝了不少，刚才就听到她在楼上楼下地乱窜，叫着吃好喝好，还发出了极其大大咧咧的笑声。她和每一个人碰杯，干掉了好几杯酒，说自己好开心，每一天都这么开心。卓玛和我开玩笑，说一会儿去篝火晚会，我拉着姑娘的手跳舞时，看上哪个就抠她的手心，她回抠你就是答应，如果不答应的话，你就只能去住春风大酒店。

我是知道"住春风大酒店"这个典故的，意思是没有地方睡觉，就睡在村口，吹一夜的风。陈升有一首歌的歌名就是"春风大酒店",里面有这么一段歌词:"说服务员拿酒来,我家住关外,冰冷身躯烫的心,这有什么不可以……如果我依恋在春风里,就没有了我自己,其实我早已经逝去,在秋风的怀里。"

到达举办篝火晚会的院落时,我已经晕了,但不难受,是一种久违的平静,放松,却又不兴奋,不想动,只坐在角落里静静地看着一百多名游客和当地的村民们唱歌跳舞。

我虽没参与其中,可也没觉得自己被疏远,就看着那熊熊的篝火冲向天空。天空的星辰都喜欢沉默,我似乎又找到了和自己独处的方式,在喧闹中去思考不着边际的事物,想着九月份落下的雪,想着海市蜃楼里的人,却也会被身边的某些话拉回现实。做主持的女孩是村子里的小学老师,做主持人一晚上能赚到20块钱,村子里的小学是某家可乐公司捐助的……

纷纷扰扰的信息在盘旋着,我再也无法集中精力去思考事情,眼前的一切也渐渐模糊,我这才猛然意识到,自己的确喝多了。我找到卓玛,告知她我要先回村庄另一头的宾馆。她也喝多了,满口酒气地说:"喂,明天早起去看日出吧,泸沽湖会变成金色的。"

我点了点头,夜里说的话都是承诺,可兑现可不兑现。

我那天终究还是没有看到金色的泸沽湖,或者说看到了,但我并不认为那是金色的。

起先,太阳还没越过群山之巅,却已在山的背后涂抹了一层红，像是郑重又朦胧的启示。接着，在山峦的凹口处，闪出了一个炙热的光点，这光点不断扩大，似孕育了长久的力量，蓬勃而富有张力，似初生的掠夺者，天地之间瞬时都被占领。山，失了厚重，水，无波荡漾。

摄影爱好者们的快门响个不停，我盯着整片湖面，它并不是金色的，只是整体灰色的湖面上，泛着些略微金色的日光，和我预想中的那片金色湖泊相去甚远。我当时不是不失落的，可那失落只在心里存在了一瞬间就消解了。

我试着去理解卓玛，甚而去揣度纳西人的心境，当与这一汪湖泊，一片山水几成相溶之态时，你在这个世界上无论走到哪里，这里都是唯一的家乡，那对它哪儿还能客观地评判呢？只有极度地赞美，无条件地去爱去歌颂，去在心里虔诚地感激，去用不多的语言将之向世人传递。这一方天地，有流云的缱绻，有漫山的花香，有纯粹的歌谣，有远古的风。

或许，在他们的心里，泸沽湖一直都是金色的，这里的一切都如同所有的黄金岁月一样，任凭世事流转，沧海桑田，却仍旧在每个人的记忆里，在世代相传的故事里，在寒冬的长梦里，发着光。

我哆哆嗦嗦地跑回宾馆，早饭已经准备好，餐厅角落里有一个炉子，烧得正旺，我靠过去取暖，过了一会儿卓玛跑进来，也在炉子旁烤火。她问我日出美吧？我点了点头，她就笑了。

这是一个不能停留太久的世界

一

童年时期的某个冬天，下了好多天的雪终于停了，很多天没归家的父亲，突然带了好几个人回来，每个人手中都拎着一样吃的。他们把吃的交给母亲，一群人便进了里屋打牌。

母亲在厨房做饭，洗洗切切，看样子是要涮火锅。厨房里灯坏了，我们就从里屋接了一个灯泡出来，电线不够长，灯泡就吊在门框上，二百多瓦的灯泡，亮得刺眼。

冷清了好多天的家里闹哄哄了起来，里屋打牌的声音、母亲做饭聊天的声音，还有那些暖烘烘的热气扑向门外，还有锅里冒着香气的吃食，这一切都让我兴奋，于是我里外屋来回乱窜，胡乱蹦跳，父母也并不呵斥我，直到我得意忘形，猛地把厨房的门关上，啪的一声，灯泡碎了，屋子里陷入黑暗。

也不是完全的黑暗，那是冬日的下午，太阳还没落下去，只是厨房的窗子冲北，光线暗淡，那一刻的我，便觉黑暗降临，如世界末日。

童年时，父亲几乎不太管教我，从来都是不怒自威，偶尔发火，体罚是逃不过的。笤帚或是皮带，他随手抓起就抽我，这次我看来也逃不过了，何况父亲今天打牌的手气又不好。

"怎么回事！"父亲在里屋喊了一声，那声音听起来就像炸雷，吓得我一哆嗦。没等母亲说明情况，我已迅速冲出了家门。我一口气跑到了村子后面的荒地里，没有人来追我，我不失落，反而松了一口气。

那天我在荒地里坐了很久，浮雪已经被风吹得僵硬，能托住幼小的我。夕阳一点点地落下，在雪地上映出金黄色的芒刺似的影子。我不知该怎么办，回家难免要面对一次体罚，不回家又该去哪儿？去哪儿都觉得害怕，要不干脆死了算了。那是我人生中第一次思考死亡这个问题，也是第一次觉得这个世界满是恶意。

我当时是否认真思考过寻死的方式，或只是这个念头一闪而过？最后我又是怎么回到家里的？是母亲来寻找我？还是我实在冻得受不了了？回家后到底有没有被体罚？这些事我通通都不记得了，唯一记得真切的，是在面对一片白茫茫雪地时的绝望，以及看到别人家炊烟升起时，难过得想流泪的伤感。

那二十九年过去后的现在呢？我好像更留恋这个世界了。

二

前几年初春，三月末四月初，我在丽江，住在一家带院子的小旅馆里，拉开窗帘就能看到玉龙雪山。院子里搭了一个凉棚，每天闲来无事我都坐在下面喝茶，和旅馆里的人聊天。

旅馆里工作的三个人个个都有个性。老板阿墨，年少时爱打架，退学后全国到处跑，什么工作都做过，曾大把地赚过钱，也曾几天吃不上饭，后来去西藏徒步了几个月，弄得自己人不像人鬼不像鬼，来到丽江后就不想再走了，开了这家旅馆，现在整天打网络游戏。

店员小马，当年因为母亲去世，父亲找了别的女人，觉得在自己的城市待不下去了，那时他正好看了《一米阳光》那部电视剧，就买了车票来到丽江，也好几年没回家了。

义工娜娜是店员里唯一的女生，来丽江才一个多月。做义工是她gap year（间隔年）的一部分，她月中就要走了，想去香格里拉待一阵子。

我们四个人常常在凉棚下一坐就是一整个下午，各自讲各自的经历，茶水喝了一壶又一壶，烟抽了一包又一包，旅馆养的一只小狗就在我们脚边安静地趴着，偶尔抬起头，煞有介事的，像是听懂了什么。

我说的话不多，大多时候在听，在人生的豁达程度上，和他们相比我总会溜出自卑的情绪。他们会朝着心之所指的方向出发,而我出发的缘由大多出自厌倦或是暂时的逃避。

傍晚的时候,小马和娜娜到厨房做饭,而我总是带着小狗去旁边的水库散步,溜一圈回来给它买两根火腿肠。我们偶尔也会在院子里弄烧烤,把所有住客都叫出来,大家围成一圈,边说笑话,边喝啤酒。

喝多了还会跑去 K 歌(去歌厅唱歌),总有喝醉的人走错房间,但进来了也不急着退出去,非要唱一首再干一杯方能离开。

醉酒后的次日凌晨,一群人沿着石板街往回走,热闹了一天的古城安静了下来,空气中有寂静的沉醉。有人还没有唱够,在路边又吼了几嗓子,大家就笑作一团。那时,我看着一整排昏黄的路灯,听着身旁的吵吵闹闹,觉得这世界真实又精彩。

三

天气晴朗的时候,老板阿墨会带我去骑马,沿着乡村小路慢悠悠地溜达,两旁是盛开的油菜花地。听着踢踏的马蹄声,我会升起悠然的向往。他说,你来的还不是时候,等再过一段时间,玫瑰花就开了,有一条路旁全是玫瑰花园。我说,我不太喜欢玫瑰花,况且现在就已经够好了。

后来到了一段平坦的路上,阿墨说,我们跑起来吧,说着就用马缰抽打了几下马,他那匹马立刻奔跑了起来。我骑马的技术虽然不算太好,但也硬着头皮跟了上去,跑了很远很远的路,遇到一片湖泊才停下来。

第二天,我的腰痛得起不来床,却也觉得很值了,人生又多了一种新的体验。想起年少的时候第一次去看海,夜晚沿着海岸线用 MP3(音乐文件播放器)录下海浪的声音,还有很多自言自语,到现在只记得其中的一句话,"所谓的旅行,不就是为了填补人生中一个又一个空白吗?"

阿墨还带我去了一座建造中的庙宇,在去途中他背诵了一段很长很长的佛经。庙宇里有很多转经筒,他一一转过去,然后开始磕长头。我并不是太懂得这些,就在门口等他,等了很久很久,他出来了,给我带了一本书,是讲佛法的,在回去的车上我看了几页说道:"我并不能了却和这个世界的缘分。"他说:"不是让你了却,只是让你看轻,看淡。"

小马在一个夜晚突然来敲我的门,问我要不要去酒吧?我本已躺下但没睡着,想了想就说好,起身穿衣服。那时已经是深夜 12 点,他带我去了一家很闹的夜店,喝了一些酒后他看出我可能不是太喜欢这里,就说再带我去另一家清静点儿的。

那家清静点儿的酒吧在一条很窄的巷子里,室内装修得像个山洞,连灯光都做成了烛火的效果。我们刚坐下老板就抱着吉他走过来，他明显已经喝多了，坐在我们身旁给我们唱他写的歌，朗诵他写的诗。后来还有其他陌生人坐了过来，有康巴的汉子，有江南的文艺女青年，我一时兴起也唱了一首自己写的歌，当然也喝了很多的酒，在迷离之际，我看到了坐在角落里的女生在默默地流眼泪。

我好像又该离开了，我说的是离开这家酒吧，当然也包括丽江。当一个地方在某一层面过于极致时，我就会陷入一种幸福的忧伤，会担心不舍得离去，害怕总是惦念，同时也怕待得太久而没有了初见此地时的欣喜。我总是不能把日子过得单纯，总觉得所有的美好到头来都是错觉。

四

娜娜突然决定提前离开，走的那天我在公交车站送她，旅馆的小狗也跟了过来。她有些伤感，问，我们以后还会见面吗？我不敢肯定，只说应该会吧。她又问我什么时候走，我说过几天吧。她说，你之前不是打算留下来吗？我说我也搞不清楚自己是怎么回事，有些决定，在做出的时候，可能并不理智。

车来了，小娜上了车，说常联络。我领着小狗往回走，在回去的路上我想，我也算去过很多地方了，有些地方可能在他人眼里并不好也不酷，一点儿也不高级或神秘，可我却真的打心底喜欢。而当大多数人表示有些地方不错后，我又会觉得那些地方并不是真的有多好。想到这里，我又对自己内心想法的真实性产生了质疑，觉得自己活得不够纯粹。

　　离开丽江那天，我接到一家公司的短信。之前想着留下时我向那里投了简历，对方在短信里承诺给我很好的职位和待遇，说了些很诚恳的话，我也很诚恳地抱着歉意拒绝了。我不知道自己是否错过了一次很好的机会，但也觉得没什么可惜的。对于未知的未来，一次抉择并不能改变什么，或者说不知道能改变什么，我还是不太肯定自己的未来会是明亮的。

　　当晚我爬上了古城里的一座小山，坐在山顶可以俯瞰整座古城，一整条酒吧街流淌在脚下，隐约可以听到远处传来的歌声，听不清一句完整的旋律。我对身边的人说，我们都会怀念这样一个夜晚吧？对方不说话，只是拿出手机给我拍了张照片，然后给我看。照片里的我看不清脸，只有一个模糊的轮廓，被身后的灯光淹没了。

五

　　最近一次产生想要离开这个世界的念头，是在酒吧顶层的露台上，我和朋友靠着墙壁说话，远处是一栋恢宏的大厦，灯光把整个夜晚都搅乱了。

我们端着酒杯说了很多的话，讲了很多事情，当然有对未来人生的规划，不知怎么，说着说着，说到了写作这件事上来，他说自己准备写一个人独自生活的故事，他说："我能够预估到以后的自己是孤独的，是真正的那种孤独终老。"

我问他："你怕吗？"

他摇了摇头："但也不期待。"我们就都陷入了沉默。

那时我就想着，要不就跳下去吧，没什么大不了的。当迈入这么一个不上不下的年纪，当说得最多的是过去，最不敢想的是未来，碰触不到的是幸福时；当你对这个世界越来越眷恋，痴迷沉醉于理想的生活，小心地阻隔着现实的入侵，状态总是飘浮于混沌之间，看见了所有下坡的道路，没有了想爱的人……这一切好像都是坏的事情，那好的事情又是什么呢？

应该也是此时此刻吧？怀有厌倦又满是遗憾，觉得美好又惴惴不安的人生。我们把自己活成了一个胆小鬼，只和自己较劲。初尝了这个世界的甜，就害怕了苦，还没得到就先想到了失去，这或许是人类的通病。朴树多年前就开始唱：这是一个不能停留太久的世界……

到现在我才算懂了，不早不晚。

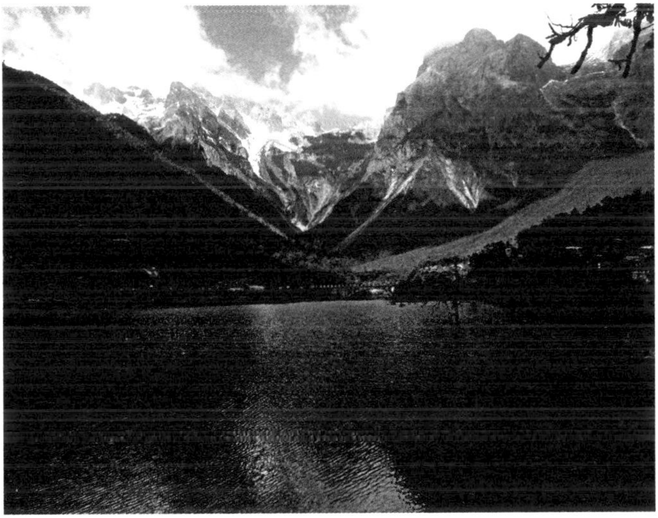

春雨几时休

南方的雨总是说落就落,没有预兆,让人猝不及防。随便哪一片云飘过来,原本还明亮亮的天空突然就暗了一点儿,雨就落了下来。雨大的时候似瓢泼,淋得街上的人一头一身,催着他们紧迈了几步,找屋檐躲一下。躲在大树底下是行不通的,那些高耸的大树,绿得浓墨重彩,看着总像是有绿墨水要滴落下来,碎小的叶片根本兜不住雨,站在下面,小风轻抚,反倒会落更多的雨水在身上。雨小的时候,如丝如雾,如风里的潮气,不是落下来,而是贴上去,贴在身上像蒙了一层汗,它好像每个毛孔上的露珠,捋一把胳膊,汗毛倒一片,手心湿一片,潮乎乎的衣服贴在身上,那水汽像是在蒸腾,烘得人难受,想着倒不如痛痛快快地淋 场雨。

倒是有些聪明的女人,包里总备着把伞,有日头时遮日头,落了雨就挡雨,显得不慌不忙从从容容。伞大多都是彩色的,"哗"地一下在街上撑开,街上就像开了花,雨一停,"唰"地一下所有的花就都败了，这一开一败之间，万物又葱茏了一些，河流又湍急了些许，几多残云散开，也不溜走，想着过会儿再聚一下。日头明晃晃地又出来了，屋檐下的人们也不躲了，有人继续去西街买菜，有人仍旧闲来无事唠家常，有人接着赶这一生都赶不完的路，像什么都没发生过一样。

如果把雨比作一场战争，那南方的雨大多像一次次巧妙的偷袭，没有军鼓齐鸣，而是不动声色地潜入，埋伏，突袭一场，迅速撤离，连云朵都分散混入寻常之中。

而北方的雨，更像一场运筹帷幄的大战，先是埋伏在天边的乌云缓慢地过境，接着风吹起了号角，在一山一林一村庄间呼啸而过。风就是消息，催促人们快些放下手中的农活，快些找回走失的牛羊，快些收起晾晒的被褥，快些抱回晒干的柴火。

风并不是温柔的，而是脾气不好的疯子，它扬起尘土，折断树枝，刮飞屋顶的茅草，给乌云打好了前站。那乌云，如同黑色的布幔，一寸寸整齐地前进，气势恢宏，如同大军压境。等那遮天蔽日的乌云把目之所及的天空完全占领后，一下子便如同末日般，日月星辰都不存在了。那时是不太敢抬头看的，云层似乎就在头顶翻滚，甚至能看到翻滚的脉络。风止了，树也不摆了，狗也不叫了，人们都躲回了屋子里，沉闷而压抑地点亮了灯，万物似乎都惊到了。

一道明亮的闪电划破黑暗，胜过了所有的灯光，都能够清楚地听见那一声"嚓!"。人们立刻捂住了耳朵,雷声如从远古传来,轰隆隆地把大地震颤,四面墙都被震得嗡嗡作响。

然后雨姗姗来迟,它需要这般隆重的出场方式,当然也不能太矜持,第一滴落下来就在地上溅起了尘土,接着雨如同子弹般疯狂地扫射下来,打得大地千疮百孔。雨越落越密集,远山和近林都不再能望见,雨也越来越不像雨,像一落千丈的瀑布,像奔腾入海的河流,像一个人一生中最意气风发的时段,鹅毛扇一指,千军万马出动。

看着这样的雨,有人担心自家的院墙别倒了,有人念着屋后的水田别淹了,有个老人靠在窗前点起烟袋,忧愁地想起那一年的山洪,把人都冲走了。

天空从黑色渐渐变成了灰色,"下透亮了",人们总是这么说。雨就快停了,又起风了,像是要收拾残局,实则只是赶走云。这一场战役,不管是输是赢,云都不会散开,仍旧保持着整齐的妆容,一整片慢慢退去。云从西边来,落入东边去。

常常是傍晚,夕阳通红,村庄活了过来,却仍旧静谧。人们看着这一场雨过去,像是躲过了一场灾难,侥幸又逃过一劫,伸个懒腰,打个哈欠,用抱回来的柴木烧一顿晚饭。人们不谈这场雨,不谈晚饭的吃食,不谈重复的日子。风又停了,炊烟笔直地升起。

去看梯田那天，雨一直断断续续的，可能那并不是雨，只是山间的浓雾大了一点儿，沉了一些，不再是飘，变成落下。出发时天是晴的，晴得爽快，看着就舒服，没什么喜事也想笑。可等车一头扎进山里，路就窄了，天就灰了，视线望不出去了，迷迷蒙蒙的。本来以为只是开车到各个景点站一站，拍拍照之类的，出门时我便穿了皮鞋，没料到还要爬山，走泥路，过溪流，就恨不得脱了鞋子光脚走，可又怕凉，山里气温低，寒气重，穿着外套都冷；又怕虫子咬，没走几步就踩死了一条大蜈蚣，听说还有蛇，是竹叶青，剧毒，更是要小心。皮鞋磨脚就磨脚吧，总比身中剧毒强，又不是武侠小说，在深山里可等不到世外高人救命解毒。

我以为在这样的深山里不会有人居住，但稍一思考便深觉不对，没有人哪来的梯田？这里既没有奇峰峻岭，也没有湖光山色，没有被圈起来收门票，也没有巴士缆车，只有一块不太明显的路牌，写着"全球十大最美梯田"。在我的印象里，"十大"、"最美"这样的词语和"免费"从来都不配衬，而"梯田"这两个字归根结底只能和贫瘠、辛劳挂钩，我在恍觉深山里没人居住时才大悟，我此行要看的本就是人工劳作的成果，而非天赐的美景。

"人工劳作"、"十大"、"最美"、"免费"这些词搭配在一起时，引出来的词语是"苦难"，发散一下思维会想起长城，而长城与这里的区别在于前者是强权下的防御工事，后者是面对贫瘠的智慧结晶，前者是忽略小人物命运的民族壮举，后者是小人物面对生存环境的自我革命，都是人的事。这世界大抵如此，有些地方万人瞩目，有些地方无人来嗅。命运大多从一开始就不公，你在闹市，我在深山，你万亩良田，我劈山开路，有些人安逸，有些人不甘，于是这世间才沸反盈天。

但山里终归是静的，仿佛众生都在屏息着，不敢大声说话，怕被一溪一石收去了声音才知道自己的渺小。看过几处秋的草木也明白了人的自大，偶尔的鸟叫像是浩瀚黑夜中忽而闪烁的一颗星，不够明亮，却足够引人注目。你一个磕绊就又跌进了浓雾中，走三步停两步，像所有迷茫的年轻人一样找出路，朝着有声音的方向走，总觉得不会错，却又忍不住回头望，走三步停两步，浓雾散去一层，眼睛适应了一些，不觉已快到山顶。风一过，山岚飘远了一点儿，像在逗你玩，又有往回飘的态势，但你已经能看到了，是隐藏在雾气中隐约的辽阔气势，顺山而下，层层叠叠，一湾湾映出云雾的水，一碗碗冒着气的浓汤。

原来是这样。

人在高处心中总会升腾起豪迈之情，却又不知怎么心心念念起一首不知名的诗：

"不必登高，一个人看得太远，无非是自取其辱。不要践踏寺院的门槛，看到满街的人都活着，而万物依旧葱茏，不必惊讶。"

几年前的一个夏天，和几个朋友在路边喝酒，喝得七荤八素，就着闷热的晚风聊起诗词，其中有个朋友"幼功"好，熟背唐诗三百首，嚼着一根小黄瓜滔滔不绝。当时我自己不服，托着脑袋使劲儿想也想不出几首来，只好一杯接一杯地劝酒，想把他灌醉。最后的结果已经忘了，谁结的账，怎么回的家，谁吐了谁笑了谁又被谁惹急了通通记不清了，唯一依稀有印象的是后来我买了一本《唐诗宋词选》，抽时间读了一阵子，之后又被什么事情耽搁或是心境改变了，便放弃了，不了了之了。

生活中大多数突然兴之所至去做的事情，到最后都免不了草草收场。

汽车进山之前，道路平坦，路两旁散落着村庄和稻田，嫩绿的禾苗在田里慢悠悠地晃着，燕子衔来的新绿，吸收着光和水，吸收着路人的目光，像是预测了一整个秋季的丰收。可一进到山里，车颠簸了两圈，转了一个急弯，梯田赫然映入眼帘，却再不见那自得的禾苗，只剩一湾湾灰色的水，时节有了延宕。

"人间四月芳菲尽，山寺桃花始盛开。"这句诗在这时猛地跳进脑子里，曾以为没有结果的事情，原来也留了一些痕迹在身体里，在某些时候猛地冒了出来，恩典般地给予情绪恰当的出口。借用前人的经验，圆自己的感慨，当时觉得庆幸，可写出来又觉得只是极其微小的事情。

世间大多数人都在做着微小的事情，这个世界才得以正常运转。

想到这里，觉得不可思议，也觉得无力，无所谓。这世界人满为患，人总要找到各自的位置，不然岂不乱了？

但山里终归是人少的。

十几里路，几百个弯，五六间房，隐在竹林间，偶遇几个人，或忙或闲。

遇到第一个人时我有些窘迫：走着走着，我肚子突然疼得厉害，恰巧路一转弯，在坡下出现一间民房，一个中年女人站在房前，平静地打量着我们。

"请问有卫生间吗？"我站在坡上询问。她站在坡下抬头和我说地方话，我勉强能够听懂。"没有卫生间，只有厕所。"她指了指一边的茅屋。"哦！我就是找厕所，能借用一下吗？"我说着已经往下走，很窄的路，很滑。

"能用能用，就是不干净。"她竟有些不好意思，我这时已经走近她身边，也指了指那间茅屋。"是这个吗？"她点了点头，"是的是的，不干净。"我说："没事，没事。"人就冲了进去。

厕所比我想象的要干净一些，与其说是厕所，更像是柴房，地上铺着一层拼贴的木板，木板之间连接得非常紧密，几乎没有缝隙，只有最中间的两块相隔得远一点儿，刚好够人蹲下。适应了里面的光线才发觉，整个茅屋其实是架空的，木板下面是一整个粪池。茅屋的一边堆放着一摞摞劈好的木材，墙壁上挂着一个纸篓，里面有纸，也有一根根削好的竹片，想必这家主人还是习惯这种原始的擦屁股方式，用过的竹片就放在茅屋的小窗前，等雨冲洗干净，等太阳晒干，再重复使用。

从厕所出来后我吓了一跳，本来只站着一个妇女的地方，一下子站了六个妇女，她们并排站着冲我笑，像看街景一样看着我。我一时竟害羞了，嘴里念叨着"谢谢谢谢"就快步往坡上走，身后传来她们的一阵哄笑。我更窘迫了，脚一滑还差点儿摔倒，踉踉跄跄头也不敢回地仓皇逃走了。

快到山顶时，同行的阿姨拍拍我的肩膀让我看，我顺着她手指的方向看到旁边梯田里有一个老人在劳作，他不断地从水里捞出泥巴堆在田埂上。目之所及，几十里的田地间只有这一个活动的影子，像极了戈壁上一棵随风摇摆的树。

这是孤独，广袤的孤独。

"梯田都是这么手工堆出来的。"同行的阿姨介绍道。

"到现在也没有机器吗？"我以为会有一些小型的机械辅助人的劳动。毕竟，在我熟悉的北方田地里，机械已基本替代了人力。

"哪儿会有！这么小的一块块田，机器怎么进来？"阿姨说着往田边靠了靠，"都是这么一把一把垒上去的，现在没有年轻人爱干这样的活儿了，只剩下些老人在做。"

我们的对话惊扰到了田里的老人，他站起身子，甩着满是泥巴的双手，冲我们笑。"溜达啊？"他冲我们说。

"弄田啊？"有人反问回去。

有人掏出手机拍照片，老人也不躲，还笑呵呵地说："把我拍好看一点儿。"

"嗯，拍好看一点儿，传上网，让你出名。"有人调侃。老人哈哈笑，弯下腰像是摆了个姿势，可是已经没有人在拍了。他停顿了一会儿，就又捞起了泥巴。

从山上往下走时，我和朋友探讨了一番：这山里的人当年是如何寻到这山里来的，为何就扎了根，为何不想着搬走。朋友的理解是，或许他们当年是为了躲避战乱，一躲好些年，也就习惯了。

对于"习惯"这个词我有一些自己的理解，一个人的习惯，是因着规律和惯性，或许可以逐渐调整改变，可一代一代人的习惯，便是命运了。面对命运，有的人俯首称臣，有的人负隅顽抗，有的人落荒而逃，但无论怎么折腾，那都只是一个人的抗争，代表不了大多数。

所谓一代人，由一方水土所养育，被一块时间所切割，你看着我家门前水流过，我看着你家院里树长高，你比我多吃三块肉，我比你多喝二两酒，凡事都能扯平。最富裕的人家盖了瓦房，最贫苦的人家也有木屋遮雨，丰收的年月人人都能吃饱，饥馑的日子里谁都挨过饿。

知辛苦，又不知辛苦，不知足，又知足，日子慢慢过，日头慢慢老，这一辈子好像也没有什么太要紧的事情。爬上一座山头，还有另外一座山头，山连着山，水聚着水，这山窝里的人觉得世界也就这样，都活在两座山之间，都住在一条河旁边，嚼着自己的滋味，有苦有咸，五味俱全。

只要没有那个警醒的人，只要他不闯进来，不搅乱一锅粥，不刮起一阵风，不让你有憧憬和羡慕，不让你看到另一番景象，不让你低头打量自己的生活，不让你重新审视头顶的云、脚下的土，只要没有这个人，就一切安好。

不是谁都能那么好运，遇到那个警醒的人。他总是躲躲藏藏，在平庸和不凡之间游走，上蹿下跳，左右逢源，有些人遇到他，吃了些苦头，转了个弯。有些人遇到他，剃了头发，进了山。有些人兜兜转转，和他从不相见，倒也活得安然，那个警醒的人自己却慌了神，拿不准自己是神还是鬼，于是又只能变成风，满世界地刮，谁都能抓一把。有些人抓到了一手空，有些人听到的是一声钟，有些人只当他是一阵风，吹吹就散了。

我希望早些遇到那个警醒的人，从此便可以在糊涂中安心长眠。

雨最终还是放肆地落了下来，那时我们已在山中一户像是停靠站的人家吃饭，饭桌摆在堂屋中间，我背对着敞开的两扇木门，被雨敲打山林的声音吸引，回过头去看。委身在两扇木门中的天地已不见了浓雾，却仍旧绿得深沉。

一辆摩托车卷着泥水停在门前，车手抱着相机匆匆走进旁边的屋子。有人介绍说车主是一个摄影师，来拍梯田，来了一阵子了，可是每天都遇上大雾。朋友便开玩笑地问我要不要在这儿住下来，没准儿可以写出很多东西，主人竟当真把侧屋的一扇门打开，说这儿有一间空房可以住。我随口问，有 Wi-Fi（无线网络）吗？大家哄笑。

我之前喝了几杯酒，有些微醺，便想着，如果是个故事，到这里就可以结束了。

这春雨却不知何时才能停下。

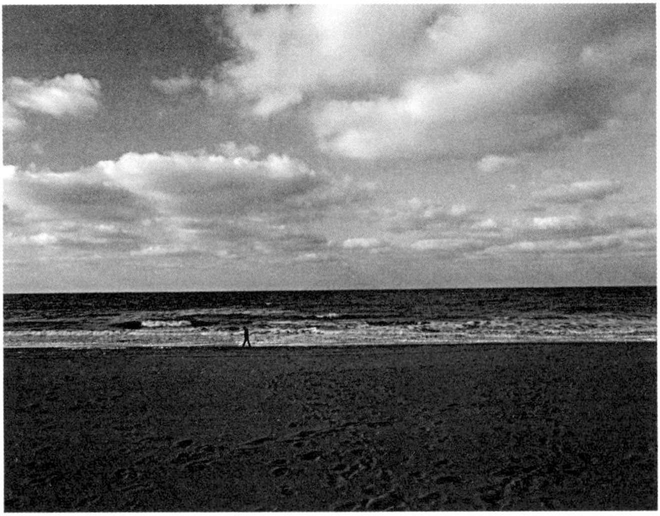

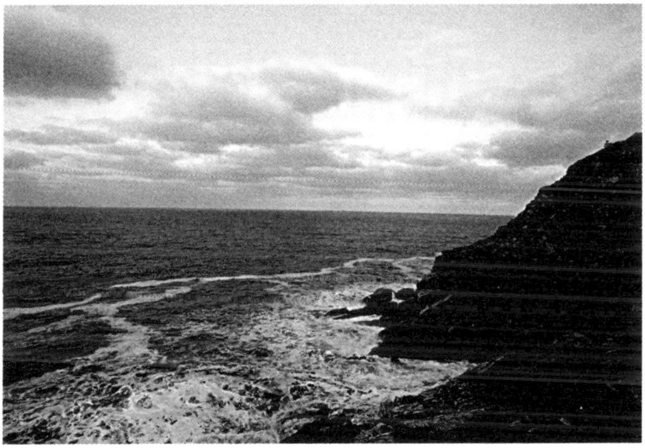

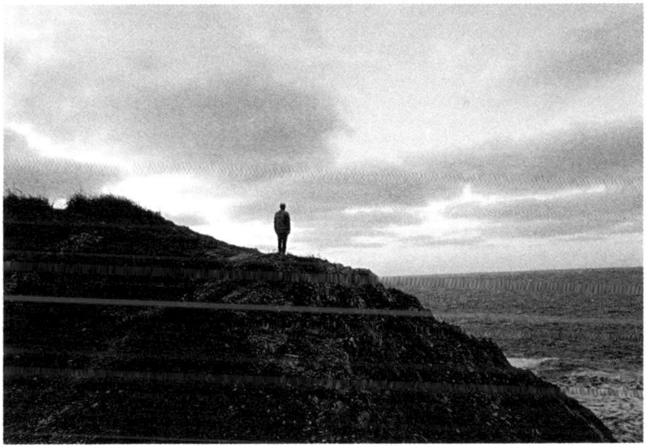

台风偶尔过境

盛夏的北京过于炎热,随便出去走一走衣服都像被水浸过一样,于是在最热的那几天,我去了海岛上的朋友家避暑。说起来也不算远,距离北京几个小时的车程,先看一部无聊的电影,再睡一觉就到了,根本不会有远行之感。

朋友在车站接我,然后一起坐公交车。车上不拥挤,但没有座位,还好我的行李箱比较大,我便坐在上面和他聊天,随便说些近况,偶尔话题空下来就看窗外的风景。风顺着开着的窗户灌进来,吹在身体上,很凉快。车子进入海底隧道时,光线暗了下来,那时我们正在聊一些关于人生的话题,他漫不经心地说道:"我们好像离年轻这个词越来越远了。"

我明白他的意思,他并不是在感叹时间的流逝。大概一年前,几个好朋友原本就计划好了这次行程,可是到头来有人因开始了新工作而脱不开身,有人决定和伴侣同居,找房子搬家忙得焦头烂额,眼看着夏天就要过去，也眼睁睁看着计划泡了汤，我除了互相抱怨外也没有更好的办法。

所以我理解，他说"离年轻这个词越来越远了"是指我们都渐渐地被生活牵绊住，不再有勇气抛下一切，去做最想做的事情；对于自由也有了新的注解，不是一次远行，也不是四海为家，而是在为更好的生活努力当中，还能有些小随性。

朋友家距离公交车站还有一段距离，下了车要走很长的上坡路，我拖着行李箱跟着他走，行李箱轮子与地面摩擦的声音大得离谱。眼前这条道路很宽阔，却很少有车经过，四周都是刚刚拔地而起的新楼，没有一丝人气，现实和内心的空旷之感，随着路越走越真实。我想买包烟，一直都看不到商店，还好有风吹过来，裹挟着熟悉的海腥味，我像犯了低血糖的人吃下了一颗糖，有了些许的缓和感。

朋友家住十七楼，电梯朝外的一侧是面观景玻璃。刚进电梯，手机就收到台风预警的消息，我开玩笑说自己运气真好，透过玻璃去看外面的天色，是湛蓝的，没有任何预兆。

来朋友家之前，我回了一趟老家，事由是年过半百的父母突然闹起了离婚，已经分居。我的态度当然是劝和的，于是一面听着母亲的抱怨，一面听着父亲的解释，充当传话筒在两边说好话，可到头来，两人只要一见面仍旧是大吵大闹，完全听不进我的任何话。那时我产生了深深的无力感，体内易烦躁的秉性都跑了出来。我从冰箱里拿了罐啤酒，边喝边看他们争吵，争吵的内容也渐渐变得没了逻辑，车轱辘话反复说，翻陈年旧事，人身攻击，在最后大打出手前我把他们拦下，深呼吸几下，再从头做一次劝解。

那时候的我一下子明白，即便自己这些年走过很多地方，见过很多的人和事，总觉得已把人生看透许多，但当生活真的突如其来向自己发动攻击时，当遇到不曾遭遇过的事情时，那些人生感悟竟帮不上任何的忙。我不可能和母亲讲"时间会治愈一切"，父亲也不会理解"爱一个人就会变得失去理智，人生还长，海阔天空，温和是最大的力量"之类我总是用来劝慰自己的话。

我只好无能为力地对父母说，你们活的时间比我长很多，懂得的道理也比我多得多，我就不劝你们了，你们都好好想想再做决定，别觉得后悔和委屈就行。

说完这些话后我就出了门，在深夜的街道上散步了很长时间，想起小时候父母就算吵架也会背着我，如今却需要我来劝解，一下子找到了长大的确凿证据，却没有一丝的喜悦。或许长大就意味着，童年的美好要被一一打破，你还不能有丝毫抱怨，要心平气和。

后来父母决定，日子还是要过下去，其中的内情我也没再细问，带着他们去周边景点玩了两天，陪着母亲看了一夜的电视剧，和父亲喝了两次酒，一切都平息了下来，自己却感觉累得够呛。

离开的那天母亲去车站送我，我坐在椅子上看时间，母亲要去给我买水，问我喝什么，我随便报出一个牌子，母亲回来时却拿了两个瓶子，一瓶是我要的，另一瓶是葡萄汁，塞给我后转身就离开了。我想起前几天刚回来时我们一起在饭店吃饭，我点了葡萄汁结果饭店没有，想不到这点儿小事母亲还记得，当时心里就堵得难受，想追过去给母亲一个拥抱，却不知为何只是翻出了墨镜戴上。之后上了车，我竟默默哭了许久，又感叹了一番自己真是越来越脆弱。

在朋友家看电影，小酌到深夜，我拉开窗帘看冷清的街道，路灯被树影遮挡，透出温弱的光，拉了朋友出去散步，沿着小区旁的道路一直走到了海边。海边漆黑一片，只能遥望远方的码头，点点星火安心地亮着，海浪在脚边轻微地起伏。世界只剩下惆怅。

朋友突然说起，他的女朋友可能得了很严重的病，住院一个多月了，她父母不让她知道病情，她也不让他去看望。我宽慰他，他听着，也不说话，两个人就在海边站了很久。

我想起曾经玩过的一个游戏，里面的人物升到20级就会"转职",技能全都变了,所有攻击属性都要从零练起,但是拥有了更强的防御力。我问他:"如果现实生活也是这样,你愿意吗?"

他摇了摇头,说起以前看过的一部电影,里面的小女孩问男人:"人生是一直艰难还是只有童年如此?"男人干脆地回答:"一直如此。"朋友说:"我们现在就是一步一步在验证男人的话。"

他又反问我:"你愿意吗?"我想了想道:"也不会愿意,我们都是因为背负了经历的一切才成为此刻的自己,如果重来,那过去的一切又算什么呢?也舍不得丢掉。"

天色渐渐亮了起来,风也跟着大了,能够清楚地看到远处积压着乌云,我和朋友往回走,走着走着就走进了雨中,衣服迅速被淋湿,我提议跑,朋友却说反正已经湿透了,都一样。于是我们就在台风初登陆的大雨中走回了家,多年不曾淋过的雨都拍打在了身上,进了屋子后水顺着衣服往下流,没关的窗户在更加猛烈的大风中摇晃,雨水也灌了一窗台。朋友把窗户关上,我们各自洗了个热水澡,换了身衣服,拉上窗帘睡觉时,仍旧能听到外面风雨的呼啸。

醒来的时候已经是傍晚,听不见风雨声了,拉开窗帘看到破碎的云层在飘远,有一缕夕阳从云缝间钻出来,落在窗边。

厨房传来炒菜的声音，朋友比我先醒来，我推开卧室门出去，听到他一边做菜一边哼歌，没等我发问他先兴奋地通知，他的女朋友刚打电话说自己出院了，过几天就来看他。我替他开心，也开了一些玩笑，他端着菜出来说："你看，台风也过去了。"

我再把头转向窗外，就想着，是啊，我们的生活中总会遇到一些觉得最好的和最坏的事情，好的到来时欢喜，遇见坏的就抱怨，可在我们不曾感知的时刻，那些好的坏的也同样在发生着，我们在惋惜错过的时候，也该庆幸错过吧？

晚上我下楼买东西，又要走很长很长的路，不再担心下雨，爬满天空的星星给我安心，一些夜间还在工作的清洁工人在把被台风刮落的树枝树叶收进垃圾车。买完东西回来时，清洁工人已经不见了，那些凌乱的树枝树叶也被拉走了，微风轻巧地拂过我的身体。依旧是一条没人气的街道，在清冷的路灯下等着人们偶尔路过，就像什么都没发生过一样。

几天后我离开朋友家，朋友有事没去送我，我一个人坐在来时的公交车上，接了母亲打来的电话。她说自己又心平气和地与父亲谈了一次，询问父亲到底如何选择，父亲的选择是不离开，母亲说那她就原谅父亲一次。我说，如果你真的这么决定了，那就不要再提过去的事情，权当没发生过。母亲说她能够做到。

挂了电话我又想起了来时朋友说过的话，我觉得我们并没有离年轻这个词越来越远，只是被暂时的境遇围困住了，等挣脱出来后会感到更多的轻松。虽然仍旧找不到一句可以解开所有心结的箴言，但就如同这偶尔过境的台风一样，坏的，难堪的，困苦的终究会过去。

窗外阳光还是刚好为我们明亮着。

堕落的飞翔

起 飞

  飞机飞向九千米的高空，云层遮挡住大地，耳畔的轰鸣声夹杂着些许的不适感，我把安全带又调紧了一些。

  那时第一次乘坐国际航班，难免有些好奇，空姐的衣着，屏幕上的演示画面，就连供应的饮食也要与国内航班的对比一番，得出的结论也不过如此，无非是旅途中的调剂小品。空调吹得太冷，我把毯子盖在身上，闻着头顶陌生而新鲜的味道，戴上耳机，把音乐调成约翰·列侬的歌，闭上有些发涩的眼睛，能感觉到自己是在飞翔。

  闭上眼睛还睡不着，昨夜睡得不好，身体就会产生一种报复的兴奋感，这一点可能是我与他人的区别吧。

  身旁的人在说笑着，聊的大抵也都是旅行之中的话题，我偶尔也会插入几句，但耳机没有摘下来，我说话的声音就难免被放大，打扰到其他欲睡的乘客，也只能在目光中送去歉意。我向空姐要了一杯红酒，喝下后身体轻松了许多，把毯子裹得更紧了一些，这一次真的睡了过去。

醒来时飞机已在降落，此刻已身在国外的感觉很奇妙，也发觉世界果真如此渺小，想知道半个地球外的你好不好。过了这么多年后，遇见新奇的事物或是境遇时，想要第一时间与你分享的心情，真的一点儿都没有变。

我有时会好奇自己怎么会如此幼稚，仿佛心智停留在很遥远的一个节点就再也没有长大过。尽管我的容貌跟着年龄变化，思想随着时间苍老，可心里永远住着一个长不大的孩子，时不时跑出来撩拨我一下，让我怀疑岁月的重量。

是的，说了这么多废话，我想说的其实只是，在来来去去了这些年后，此时是离你最遥远的一次，我在马来西亚，我很好。

浓稠的夜

槟城，香格里拉酒店，冷气十足，走到房间与阳台的隔断，温热的空气便把自己包裹住。坐在阳台的椅子上，能听见海浪声，而因这夜的遮掩，看不到海面，只能望见椰子树的葱郁下露出的游泳池一隅，在细微的灯光下如夜航中的一座灯塔，安静地守候着。

偶尔有行人从游泳池边的小路上走过，也可能不是泳池边的小路而是草坪或石阶，管他呢，反正都是轻轻的步伐，不疾不徐，只是一种散漫的姿态，身影被树木遮挡住，只听得见声音，也是不想被打扰的声音，让人联想到一个叫作"安逸"的词语。很想平躺下来，吸一口海风呼一口嘲弄，世界就是自己的了。连蚊子也蹑手蹑脚的，唯恐翅膀的振动搅乱这浓稠的夜。

应该会有想死在这里的念头吧？可人生还长着呢，让你想死在此处的地方还有很多，只是玩笑话罢了。生与死从来都不是自己的选择，只是宿命的安排，生于世，走一遭，得过且过，及时行乐，荒唐至极。

厌烦了这般宁静，走出酒店沿着小路前行，头顶有高大的不知名的热带树木。一直向前，便会看到灯火通明的夜市，和所有城市一样，夜市永远维持着城市白日里热闹的尊严，好像是在对比着什么似的，人声嘈杂，如同战场，绵延几里，此起彼伏。

有些不习惯靠左行驶的交通规则，像从小培养的世界观被颠覆了一般莫名其妙，就如同我抬起头再也看不到北斗七星，我想或许它们仍旧悬挂在那个亘古不变的地方，只是我看不到罢了，也对，在如此灯火璀璨的地方星星都躲藏了起来，它们都是安隐于世的个性，从不与其他事物争些什么。

反过来，人生存于这个世界上大多数的时间都浪费在等候与争论上，如同夜市的小贩般，在路边站一个晚上，等候那一个与他讨价还价的顾客，之后再分道扬镳，老死不相往来，彼此都是各自生命中匆匆的过客罢了。

我沿着这一条夜市的路走了很远很远，挑选了几件小物，讨价还价了很多次，有妥协有胜利，直到在夜市尽头遇上那艘大船。它不知是停泊还是搁浅在港口，或者只是被硬拖到了陆地上的景点中，此生再也不能漂泊，那如此伟岸的船身，也就再也不会被海浪拍打了，它应该会感到寂寞吧？也应该会回首往昔乘风破浪的年轻岁月吧？还是说它已经死了？死在了那一年的旱季里，身体出现了裂纹，轻轻一踏就断了。

我站在路边点燃了一支烟，空气中的水分让这支烟燃烧得有些不情不愿，我想还是往回走吧，再繁华的夜市也有收摊的那一刻，只是看你愿不愿意等下去。再疲累的人生也有结束的那一天，就看你愿不愿意活下去。

吸完那支烟，我的衣服已经被汗水浸得湿透了，这夜还真是够热。再望一眼怎么也望不到尽头的灯火，想着何不来一场大雨，让我在有限的生命里，也能酣畅淋漓一次。

太阳雨

有时我想要表达一种感受，这种感受简单又复杂，是从心底倏然升起的惆怅，没头没脑地占据全部身心，而想要书写出来的话，却又千言万语也倾诉不尽，还会变了模样。但头顶的一片云飘了过来，落了一场太阳雨，就一下子把它全概括了。

从圣乔治教堂走出来，院子里，生长着一棵大树，看起来应该有几十年或者几百年树龄了。树上开着不知名的小白花，风一吹落了一地。教堂的墙体与屋顶也是白色的，听神父说"二战"时期屋顶被炸毁过，现在见到的是修复后的。

似乎所有的生命都不再是原来的模样，屋顶炸毁了可以重新修复，小白花落地了明年还会再开，那此刻站在它们面前的自己，是不是也早已不是当初的模样，也早已在不经意的年月间丧失了原来的容颜，而现在与它们相遇的自己，在很多年以后，还能与它们重逢吗？再重逢的话也都不再是如今的我们了吧？

我陷入循环的沉思中，找不出答案，天边飘来了一朵云，落了一场太阳雨，我一愣神，就什么都不必说了。

我站在那棵大树下避雨，看着盘结的树根暴露在地表之上，有几只蚂蚁在寻觅或者是搬家，也有几片叶子提前枯萎落下，能够感受到时间的匆忙流逝，不回头也能看到过往。如果能和从前的自己相遇，一起等待未来，就在这棵树下，平躺下来，躲一场太阳雨，看海风把这座城市淋透。

太阳雨很快就过去了，没有人撑起雨伞，可能是还没有来得及撑。一整条古老的街道，在云与太阳的光影间斑驳，发霉的房屋仍旧发着霉，停靠在路边的汽车怡然自得，店铺里的老板娘打了一会儿瞌睡后，用扇子轰走了苍蝇，围着头纱的女人，怀中的孩子好奇地打量着这个古老又新奇的世界。谁都没有被这突如其来的雨打乱了节奏，他们对此太习以为常了，马来西亚的天气就像个难懂的小孩，哭与笑都是突然而仓促的，早就没人在意了，就像槟城的旅游广告宣传语里写的那样，"数百年传统是日常生活的一部分"。就连下雨也变成了传统，它本就是生活的一部分，是我们这些外来人永远都理解不了的，所以我们走过，停过，短暂居住过，但终将离去。

在路上

离开槟城前往吉隆坡，两辆车载着我们一路向南，导游用不标准的中文介绍着沿途的风景，建设中的跨海大桥是中国投资的，远处的岛屿上以前有座监狱，近处的岛屿是填海造陆的失败产物，后来车窗外只剩下葱葱郁郁的树木遮挡住了视线，车厢内也就沉默了。

我把头转向窗外，看着右侧的车迎面驶来，还是不习惯地惊出了一身冷汗。我拿出相机拍下一张照片，模糊了焦点，然后看着窗外。

所有交通工具中，我还是最喜欢汽车，坐在上面随着车身颠簸，会错觉整辆车是身体的延伸。带着一颗心感受世界，会有漂泊的感触，也能够思考旅行的意义，或者存在的意义。乘车不像乘飞机轮船那般，只是运输着人的身体，冷冰冰的，没有感情的依附。

途经云顶高原的时候下起了雨，瓢泼大雨拍打在车身上，吵醒了昏睡的旅人，望出去的视线又被雨水温柔地遮挡回来，世界似乎也只剩下这一间车厢大小了。有人开起了玩笑，有人扬起了嘴角，我把空调风力调小了些，又把帽檐往下压了压，闭上了眼睛。

车厢里播放着马来语的歌曲，乱糟糟的听不懂，但旋律和歌曲传递出的那种感觉却很奇妙，就像凯鲁亚克的《在路上》，乱糟糟的名字和故事，为的也只是传递一份情感与思想吧。于是我会想到，无论这个世界怎么乱糟糟，只要能保持住一颗天真的心和一份满额的爱意，哪怕走过千山万水或者永远在路上，也并不可怕。

中途在怡保短暂停留，很小的一座城，建筑也都是低矮的，不会给人压力，有穿着蓝色制服的小女生走过陈旧的街道，清新与古老奇妙地碰撞。在街边的小店买了两包白咖啡，还有梅子之类的东西，也尝任分不清口味与种类，会个新鲜去了，倒是柚子，比起国内的格外甘甜，甜得都有些发腻了。

午饭是弄不清什么口味的白色鸡肉，我总是对外国的饮食不太习惯，自然也就品尝不出它的韵味所在，匆忙果腹罢了。再次启程已是下午，天空中飘着人团人团的云朵，也抵达了一天中最热的光景。我坐在车里迷迷糊糊地睡着了，任凭车把我载向未知的领域，不期待也不惶恐，如同这漫长的人生，不也就是一场在路上的旅途？出发停靠再出发，直至终点。

三栖动物

马六甲河，全程 4.5 千米，我们乘坐的是很小的一艘客船，但 9 个人的小团队却还是让客船显得空空荡荡的。驾驶员是当地的一名女性，头上裹着纱巾，不苟言笑。船行驶得很慢也很稳，但久居陆地的我还是不太敢站到船头，会有眩晕的感觉袭来。

河流两侧是高级的酒店以及有民俗特色的房屋，整面墙上的涂鸦是当地学生的杰作。导游介绍着这条河流的历史，所有的历史都大同小异，起源、兴盛、没落、至今。这个世界上任何一样东西都有属于自己的历史，能被记住的成了古迹，供人观赏，被遗忘的也仍旧安详地矗立在那里，不被打扰，不知道哪一种更应该庆幸。人类也大抵如此。

我拿出相机拍了一些照片，只怪天空蓝得耀眼，干净得脱俗，叫一旦投射到河流里，便成了浅绿色，随着螺旋桨的搅动，泛起白色的浪花。

客船停靠在岸边，我们跟随导游来到马六甲海关博物馆，再一次走进他人的历史之中，回望着这并不属于自己的尘埃。

我总是会在这时质疑这些行为的目的：我们一遍遍地走进不属于自己的历史之中，是要探寻什么还是要填补什么？如果说旅行是在填补人生中的空白，那我们之前与往后的一生将注定更加苍白，见过的越多错过的也就越多。

旅行不过是为难自己的一个过程，我是这么认为的。

离开海关博物馆的时候我与女检察官合影留念，她头上也围着纱巾，身材稍胖，不知是人种的关系还是受马来西亚天气的影响，她的皮肤显得黝黑。她性格开朗，笑称我是她的儿子。合影时我把墨镜摘了下来，闪光灯闪烁了一下，我也在他人的记忆中定格了。

海关博物馆旁边是海事博物馆，外形仿照了葡萄牙大运船。海事博物馆内展示着各种航海地图、模型船、武器及仿制航海用具，导游介绍，这座博物馆被称作"海上之花"，同游的人却争抢着要上"船头"去再现《泰坦尼克号》中的经典镜头。我竟突然想起了罗大佑创作的那首《海上花》，"是这般柔情的你，给我一个梦想，徜徉在起伏的波浪中盈盈地荡漾，在你的臂弯……"

他们说心里住着一个人，内心就会变得柔软起来，但我却希望自己身上散发着光，那么无论走到哪里，再远的旅途，再黑的夜，也能找得到路，回到你的身边。

那天游览到最后，我觉得整个身体就快要透支了，因前一夜突发的高烧，我一整天都昏昏沉沉的，即使在30多摄氏度的高温下也会时不时觉得冷,于是也不再抱怨这漫无尽头的炎热天气让人绝望。

登上旋转塔的环型电梯升至 80 米的高空时,我控制不住地眩晕起来,眼前的景色再美丽也模糊得一塌糊涂。我用力摇了摇头又揉了揉眼睛,看见的也不过是一片绚烂的色彩,被打碎揉进一片浓雾里,如下雨天的玻璃窗,也如记忆深远处的某一个人。

总会在这种时候产生幻觉,像是被劫持一般,我被运回了生命中许多的"失重感时刻",有时是在天空中,有时是在深夜里,耳边的宁静让耳朵就快爆炸了。

后来,当电梯缓缓降落时,我看清了整个马六甲的景色,低矮的建筑、红色的屋顶、碧蓝色的游泳池以及远处的海天一色……突然就有了想要飞翔的冲动,想跳下去,拥抱这个总是给我惊喜随即又带来痛苦的世界,在生命之上翱翔一次,撞开和煦的风与惨烈的阳光,让天空留下一道划痕,命运就亮了。

这么想着的时候电梯落回了地面,游客们纷纷起身走出去,我恍惚了一下,看着一小寸阳光落在胳膊上,有了微妙的灼痛感。

迷离的眼

从吉隆坡酒店的 11 层望出去,夕阳如同吸过香烟的嗓子般喑哑,余晖掠过古老的监狱围墙落在正在维修的街道上,三楼的游泳池中有一对白人夫妻在游泳，街道对面的门户没有人进出。

我搬了一把椅子坐在窗前，窗户的合页有些生锈了，发出不太灵便的吱扭声。我看倦了窗外的景色，想着是先洗个澡还是先整理一下背包，门便被敲响了。我没有做成想做的任何一件事，与他人相约到了酒店大厅，片刻停留，然后直奔吉隆坡的闹市区。

星光大道的夜色淫靡得可爱，街边的小酒馆门前围着一群人在跳舞，领舞的是名黑人男子，编着细小的辫子，跟着节奏舞动身体，不时挥舞双手带动气氛，周围的人也跟着欢呼起来。

沿路排成一排的咖啡馆，可以随便在其中坐下来休息，就算什么都不点也没关系。服务生会冲你友好地微笑，若你举起相机，他们还会摆出"耶"的姿势，拍过后又会觉得不好意思，挥挥手回到屋子里。

再往前走也到不了更远的地方了，月光早已被霓虹扰乱，耳边沸沸扬扬的人声与音乐声似乎已征服了一切，我站在十字路口竟有些怅然，仿佛被抛弃了一般找不到归属感，这里就如同所有大城市给人的感觉一样，可以停留，可以居住，可以游玩，可以生活，但就是永远感受不到，你属于它，或是它属于你。

相较奢华的星光大道，我更喜爱的还是嘈杂的唐人街与美食街，但吉隆坡的唐人街中华人少得可怜，只有头顶上的大红灯笼能够让人联想起遥远的祖国。我也颇为感慨，中国的传统都已被周边的国家传承下来，而我们自己到底还剩下多少底蕴来支撑起文明古国的称号。

我在遥远的国度思考起这种事情来也会感到沉重，于是随即调整，让自己换上一颗旅人的心，豁达一些，平静一些，快乐一些。

我们那天在美食街的一家中国餐馆吃晚饭，一群人围在街边的一张桌子边说说笑笑。深夜街边还是行人如织，天气也仍旧炎热得不像话，我喝了一些啤酒，眼睛就有些迷离起来，看着远处的双峰塔或是近处的人都觉得柔和了许多。在沿路回酒店的途中，我不停地与身边的人说着些什么，时而大笑，时而喧哗，时而沉默，那一刻身在异国却忘我的感觉，很奇妙也很美妙。很想要随性地生活一次，不去为他人而活，也不再承受别人的目光，没有什么奋斗与"天天向上"，也没有什么励志与趋炎附势，我只想完完全全为自己活一次，或者说任性一次，经历他人所谓的"堕落"一次。

我想我是喝醉了，可我也想拥有一颗疯狂的心，哪怕四十岁，五十岁，也可以为了想做的事情，为了喜欢的人，奋不顾身地冲动一次。

我预想到自己的未来与苍老，却不敢给出一个肯定的答复。我在吉隆坡的深夜，热闹又孤寂的街头，渴望一阵风吹过，带走我无尽的哀伤。

我想，这就是生命的全部。

降 落

吉隆坡机场的店铺夜里 12 点准时打烊，我奔跑着，只为把手中的马来西亚钱币换成纪念品，也留下了一些钱币作为纪念，估计此生它们都会被压在箱底。坐在候机大厅的长椅上等待回程的飞机，夜显得格外漫长，因发烧导致的头痛此刻愈加严重起来，我闭上眼睛捽着额头，用深呼吸分散着注意力。

登机后，我很快便睡了过去，发动机的轰鸣声在耳畔与梦境中变成了雷雨声，梦中的自己站在高速公路中央，仰面迎接着倾盆而下的雨水，身体缓慢地膨胀再膨胀，风一吹就飞了起来，飞过九千米的高空，乌云被压在了身下，太阳在不远的地方仍旧灿烂。我朝着日光飞过去，浓缩成了一个小黑点，消失在这纷纷扰扰的世界中。没有人发现，这个世界已经缺少了一个我，这感觉真好。

飞机降落在跑道上，有些不稳。身体被摇晃着醒来，这些天的旅途也仿佛变成了一个梦。走出机舱，上海的天气有些冷，也有些阴霾。旅伴们互相道别，我想的却是下一次的飞翔，或者说是下一次的旅途。再出发的时候，自己应该变成另一个人了吧？

谁知道呢？

在天鹅顶上游荡

加格达奇[1]的夜车

在车上的一夜,睡得并不好。软卧车厢里,关上门后,氧气不足,我睡到凌晨,实在闷得慌,就悄悄地从上铺爬下来,开门出去,坐在走廊里,看着窗外黑暗的一切。偶尔路过村庄,还有些零星的灯火,就像是生命中某些希望被点燃了,可也只是一晃而过。

列车在某个无名小站停下来,已经是凌晨两点多,我走出车厢,在站台上透气。小站没人上车也没人下车,站台上只有路灯亮着,看着可怜,列车员打了个哈欠,招手让我上车。

我走回车厢,又爬回上铺,列车开动,车轨似乎不平,车厢前后晃动得厉害。我还是睡不稳,翻

---

[1] 加格达奇:位于黑龙江省西北部、大兴安岭山脉东南坡的市辖区。——编者注

出耳机戴上，播放手机里的歌曲，竟生起了闷气，是对失眠，也是对自己选定此行的抱怨。

这一趟列车太慢，似乎要磨掉我所有的耐心。

行程是六月中旬定下来的，之前我在修改新的散文集。这本散文集断断续续地写了三年多，我觉得是时候结束了。另一个原因是北京太过炎热，我正好也有一段空闲的时间，就想要去更北的地方转转，算是避暑。

渐渐活成了一只候鸟，冬天往南方飞，夏天回归北方，只是这次想要走得更北一些。是因一些情怀所致，之前每次我都没能走到更高的纬度，而搭乘一辆与这个时代逐渐脱轨的绿皮火车，也是因着情怀。

我如今在生活中面对大多数事时都已经习惯追求简单快速，这次却反常地希望自己慢下来，可能因为最近的生活多不如意，我想在这慢悠悠的旅行中，找到宽慰自己的箴言，一两句也好。

于是在七月的第二天，我登上了这列火车，终点是北方一座奇特的城市，地理位置上属于内蒙古，但行政上又属于黑龙江省。我对北方所有隐没在地图和山林里的城镇充满好感，没来由地觉得它们静谧和深沉，像是所有发生在那里的故事都满是欲言又止的深情，夏夜有看不完的星河，冬日有突然落下的雪。

本以为去这么偏远的地区，不会有太多乘客，走进车厢却看到每一间都住满了人，妇女儿童居多。那些孩子大的三五岁，小的还不满百天，在车厢里吵着闹着哭着叫着,列车缓缓地开动，载着这一路人间特有的嘈杂。

我住的包厢里那个孩子六个月大，被母亲和姥姥带着。母亲冷脸，姥姥爱说话，爱串门，抱着孩子挨个儿包厢晃，因此就有别的人也抱着孩子来我们这里晃。列车本就摇晃，他们在左摇右摆间，竟找到了种如履平地的感觉。

我不知道这些相同的包厢有何看头，或许人们只是用这种方式来打通人与人之间的壁垒。想来人是有这种习惯，你到我这儿看看，我就到你那儿看看，你和我说句话，我就回你句话，你给我个笑脸，我也不好再摆冷脸。礼尚往来。

他们的话语大都围着孩子转，这是最容易打开的话题，接着是去哪里，家在哪儿，去那里做什么。我无意去偷听，却在无意间听到了些话，大多竟都在埋怨北京太热，要回老家住段时间。他们的老家散落在这趟列车的终点站周围，有人下车即到，有人还要再赶段路。在他们的话语中，老家一下子都成了福地，河流山川都透着凉意。

原来每个人都是候鸟，飞走，归来，一生无休。

《海上钢琴师》里有段话："陆上的人喜欢寻根问底，虚度了大好光阴。冬天忧虑夏天的姗姗来迟，夏天则担心冬天将至。所以他们不停四处游走，追求一个遥不可及、四季如夏的地方——我并不羡慕。"

我是陆上的人，所以只能把"我并不羡慕"几个字改成"我只能这样"。这有无奈的成分，也是人类的生存习性，我顺从。

列车一路向北，天色从明亮转为暖黄。透过车窗看到的黄昏，在遥远大地的远端铺展开来，把列车掠过的每件事物都染上色调。

包厢里的母亲又开始给孩子喂奶，我拿着书出去回避，站在过道的窗前，看一会儿景色看一会儿书。书是《红楼梦》，前些年读过，读得乏味艰难，便弃了。这次重读，多了些耐性，就读出好来了，容易入迷，站了好久。

孩子的姥姥出来喊我，可能是看我在外面太久，心里觉得愧疚，她说早就喂完奶了，你进来吧。我扬了扬手中的书，说没事，我再看会儿。她看我确实有事做，估计心中的愧疚消退了，没有再说什么，就回去了。我继续看书，字迹渐渐不太看得清，一抬头，已经入夜了。

没了窗外的景色，才是难熬的开始，列车9点熄灯，很多人便准备睡了。我这些年都习惯晚睡，一下子找不到自己的位置，就眼睁睁看着车厢里的人不再在包厢钻进钻出，闹腾了一天的孩子也安分了下来，售货员最后一次推着车子经过后，只剩下火车与铁轨摩擦发出的声响，轰隆隆一夜，闷得慌。

我劝自己也去寻找一些睡意，和这夜晚有个和解，忽地想起包里有几罐啤酒，取出来就着些思绪喝了，喝光后再等了一会儿，果真有了些困意，趁势爬上床铺，睡了过去。

可还是在凌晨醒了过来，我又出去折腾了一番，再爬上床铺时，天都快亮了。这才是我本来的生活节奏，多少个黎明都是一个人等来的，怨恨所有早睡者，羡慕所有早起的人。

在睡意到来之前，在一些半梦半醒混沌的时刻，我忽地想起几年前的一个冬天，也是在这样的一列绿皮火车上，我从呼伦贝尔回佳木斯。也是长夜漫漫，我睡不踏实，耳机里一直在放着歌曲。

"是不是这人世间有些事瞒着我，于是我们就哭了，像是走失主人的羔羊。加格达奇的夜车，乌兰巴托的夜色。加格达奇的夜车，载着我心爱的人，慢慢地走开……"

当下，这歌声便在心里种下了根。

原来这才是所有故事的开始。我终于想明白了，也可以睡了。

小夜微凉

太阳刚落下，空气就凉了下来，那些凉气似乎是从周边的山林里钻出来的，带着些松木的味道，还带着丝丝甜味。

我在街上闲逛，路过旧书摊，挑了几本旧诗集，还想再挑点儿别的。老板以为我在犹豫，一套四本的小书，25块钱，他还一直在主动降价，说，20块你全拿走吧，20块再送你一本，18吧，也要收摊了，15吧，这书不容易找到成套的了。

我当时不知在走什么神，他说到这儿我才缓过来，说，老板你别说了，我买。他就把书给我装进袋子里，我看这书摊生意不好，路上人也不多，递给他钱的时候说，我还是给你25吧。老板再三地道谢，非叫我把送的那本书也拿着，我没推辞，拎着书离开，走了很远，又回头看，书摊上还是没有客人。

走到一个街边卖服装的摊子，正好觉得冷。这次出来旅行想着是夏天，也没带外套，就随便挑了一件，试了试，觉得大，可路边摊没有镜子。卖货的女生说，这样吧，我拿手机给你照着。说着她打开手机中的自拍功能，我就对着屏幕看，一会儿让她往后点儿，一会儿让她举高点儿，引得路人都停下来看，我有点儿不好意思。当时天快黑了，我也没看清，那女生说衣服挺好的，一点儿都不大，我就相信了，付了钱快步离开。

可等我回到宾馆，再穿上照镜子，就发现衣服实在太大了，套在身上松垮垮的，心里升起了些失望，却也懒得回去换了。

其实失望的原因还包括，加格达奇这座小城和我想象中的太不一样。

我以为它该是那种被历史进程抛下的城市，保留着集体化社会破败的影子：老旧的厂房玻璃已经碎掉，但门楣上的红色五角星没褪颜色,高耸的烟囱好多年都没有再冒过烟,可被烟熏黑的印记还在。

我以为会随处见到苏联式建筑,铁路横穿街道,火车将要驶来时才会有人把栏杆放下。当年留苏的专家已经老去,可还是爱拎着小音响听俄罗斯民谣,被人起哄叫过"喀秋莎"的女人也已是暮年,可只一眼就能瞄出她犹存的年轻时的影子。

当然,也该有摇晃的醉鬼,觉得自己被时代作弄;有国营厂仅剩的一批员工,下班时还骑着车;有寻找消失情人的失意者,也有一辈子没出过城却像是在等待爱人的姑娘。他们在夜里会聚,在那种亮着小彩灯的歌舞厅里,和熟悉的人或陌生的人拥抱,跳一曲快三或慢四,骄傲着,恍惚着,被岁月屏蔽着。

可没有,什么都没有,人太多的自以为,都面临着破碎的危险。我所看到的加格达奇,是一座干净整洁的小城,建筑都崭新且色彩均匀,不单调也不太出挑。哪怕是那些模仿俄罗斯风格的建筑,也都露着初建的锋芒,没有被时间磨平棱角,落下风霜。

人也是,从他们的神情中看不到失败者的眉目,也就没有沉淀过的神韵,生活似乎一直这样,平淡无奇,人生没经历过时代的波澜与激情,没有需要酒精才能打发的长夜。或许我有所疏漏,也或许人擅长隐藏和改变,但终归我是没有看到。

我找不到任何对这种失望的辩解,我在脑子里臆想了一座城,觉得它该长成那个样子,这种失望是很低级和愚蠢的反应,但这情绪对我自身而言却又是真实的。它搅得我心情低沉,所以漫步在空气微凉的街道上时,就有些隐隐的忧伤。

于是,本来打算多停留一天,也已经买好了火车票,我却匆忙退掉了,买了隔天一早的机票,继续接下来的行程。

那个夜晚睡得倒是很好,失望没有渗透,新的希望又没有钻进来,夜也没那么长。

虚无的国境线

我打开手机地图,当前位置的坐标终于在中国最北面的国境线上了,地图上是一条细细的蓝色江水,叫黑龙江。现在这条江就在我面前,并不算宽阔,映衬出一半的天空一半的青山,于是这江水也一半蓝一半绿,它刚转了一个弯,却出乎意料地平静,如同山谷里的湖泊,神秘而从容。

江面上泊着几条空船,偶尔有一艘巡逻的汽艇穿过,把整个江面搅动,那泛起的涟漪久久都散不去,却也打扰不到在浅滩洗澡的男人,他们应该是附近工地的工人,天气热,到水里凉快一下,大多脱得只剩一条短裤。他们或许还是有些怕被人看到,于是在稍微偏远的一处洗浴,而行人们散步快要靠近时,发现了他们便及时折回来。寻找这偏远的位置也不容易,因这江边矗立着一座小镇,小镇的广场就紧紧挨着江水,每个黄昏最热闹，每个夜晚最明亮。

江水对面是俄罗斯的领土，正对着广场的是连绵的山，并不高，看起来却陡峭，没有人家隐居其中，于是这一边白日的热闹与夜晚的明亮都只能给山看，那巡逻的汽艇，也像是在防着一座山。

倒是这边的居民越发不把这界河当回事儿，竟在上面开起了水上餐厅、江边烧烤，我心中原本肃穆庄严的国界线，化作了最平常的江畔风景，在暮色中炊烟升起，酒色生香。

我和这条漫长起伏的国境线，算来也见过几次面了。

2011年的时候，我和朋友在满洲里国门。喝了点儿酒，人就随便起来，我问站岗的边防战士："我要是现在闯过去，你会开枪打我吗？"边防战士年纪轻，愣了一下，可能没人问过他这种问题。接着他又笑笑，应该是看我面善，或者闻到了我身上的酒气，回答说："不会开枪，会先警告你。"我"哦"了一声，他接着说："不过没准儿那边的会开枪。"

我当时把这句话当成了一个冷笑话，后来又嚷着要和边防战士合影，好不容易才被朋友拉走了。酒醒后，我其实是有点儿后怕的，觉得自己有点儿闹过界了。

2012年，我自己出门闲逛，逛到了东部边境线上的小渔村，遇到了几个正在旅行的大学生，我们算是小渔村那天仅有的几个游客，于是便决定一起玩。

那次也是喝了点儿酒，都是北方人在一起，不喝反倒觉得奇怪。夜里从小饭馆里晃荡出来，晕晕乎乎的，就走到了江边的国境线，江边有座山，也有边防哨所。

和陌生人聚在一起时，人就容易显露出大胆，我们几个人一研究，便决定夜里爬山。山很好爬，山顶还有灯塔，可等爬上去了才发现山顶靠近军事禁区，当时竟也没太当回事儿，几个人还在山顶胡乱聊天唱歌。已经熄灭的灯塔突然亮了起来，并 360 度旋转探照着，还传出了广播警告，让我们立马离开，否则后果自负！

我们哪儿见过这场面，急忙逃窜，都没按原路返回，乱七八糟地就下了山，然后往村里跑去。等大家再聚到一起时，看到灯塔又熄灭了，突然间都大笑起来，是那种惊险刺激后的欢快，也是劫后余生，松了一口气。于是大家又决定，再喝点儿酒压压惊。

2014 年，和父母去珲春，我爬上眺望台。说是一眼望三国——俄罗斯、朝鲜倒是近在眼前，远处的日本海一片灰茫茫，什么也没看到。之后我们又坐上游览车，去看三国交界处，路越走越狭窄，再后来车开不了了，下车走路。路还是在变窄，两边都是绿色的铁丝围栏。然后就到了路尽头，有一座土字碑，是清朝时立下的界碑。

我们一群人似乎被困在了这里，三面是围栏，我们只能往后退。有个老游客情绪开始激动，大吼道，这么多人，被逼得只有这么一条小路！没人搭理他，他就继续嘟囔，说一些关于历史的话。他肯定爱国，年轻时可能还当过兵，也可能是个老愤青。他的很多知识都是错的，在场的所有人里，我猜应该不止我一个人知道他错了，但没有人纠正他，或是出于礼貌，或是因为生疏。我倒是觉得这老人有趣，在一条被堵死的道路上，人的情绪难免都有些如鲠在喉的异样，他吼了出来，也算是替大家吼了出来。

　　接着他竟干出了一件夸张的事情，两手抓着铁丝围栏使劲儿地摇晃，嘴里还骂骂咧咧的，被工作人员及时阻止了，拉着他往外走。他又解释说：我不跳，我不是想跳过去，但工作人员并不听。

　　这个老人接下来经历了什么我并不知道，只是当我们折返回去，在停车场上车时，又看到了他。他戴着一顶红色的太阳帽，一个人站在路边啃玉米，像是在等一辆车，也像什么都没等，脸上早已恢复了平静。

　　这一次我在小镇里住了几天，有个下午，我骑了车到处闲逛，骑着骑着，就骑得有些远，看到紧邻着江边有一条正在修的公路，已经基本完工，只是还没有通车。我看公路上并没有看守的人，就把车骑了上去。

这里的天气一直很好，晴天就是纯净的蓝，风稍微有一点儿大，公路和护栏都是青白的颜色。我骑在路上，风把我的衬衫吹得鼓鼓的，旁边就是一湾翠蓝的江水，我的心情没来由地清爽，这是我和国界最融洽的一次照面。

再往前骑，江水对面的山就变得平缓，山间多出了许多彩色的房屋，都是属于俄罗斯的村庄，如果再努力眯着眼睛看一看，也能看到田间耕作的人。头顶的云，一朵朵地飘，从那边飘到这边。

突然，我听到对面传来几下噼啪的声响，下意识地停下车，弯腰往护栏边躲。我自然以为那是枪声，躲了一会儿，又探出头，看到对面天空升起的烟，才明白是鞭炮，为自己的紧张感到可笑的同时，也在想着原因何在。

好在，一切都在慢慢缓和，心中的警惕也在消散，特别是那些江边餐厅的灯光和江上的渔火愈加泛滥时，我们内心的平和也愈加强大。

那天下午，我骑车骑累了，在江边的浅滩上坐了很久，看着这条飘在江上的虚无国境线。它并没有一个确切的分割点，也没有铁丝围栏，江水涨起它跟着变宽，江水落下，它随着变瘦，可它虽然无形，人们却都知道它就在那里，不敢随意跨越，虽不常提起，也无须敬畏，但心中的界限却一直在。

正如人们心中那些看不到的界限，它们可以为某人后退，也可以因某人坚守，但终归会有一条再也不能退的底线，任谁也不能跨越，自己也不行。

这或许就是我们生而为人的一点特别，对自己，对万物都保留一分敬畏，虽无形，虽无言，可它就在那里。

当某颗启明星闪烁的时刻，你就能看到它。

遥远的星空底下

在中国最北边的这个小镇里，正是七月盛夏，满街的松树，把阳光遮挡得严实，可在日落之前的时间里，天气还是热，我几乎把一整个夏天的啤酒都喝尽了。

白日在夏季里占据着长久的位置，哪怕太阳落下，可光照时间也长得惊人，夜里 10 点的光景，西边的天空还有着白色的光带，而东方的月亮早已升起，在天气晴朗的时候，携带着清爽的风，在夜空穿行。

西边的光带和东边的月光之间，是星星存活的地方，那些星光看起来都小心翼翼的。

我住的青旅院子里有架秋千，我会在夜里热气散尽之后，坐在上面，听着身后江边传来的虫鸣蛙叫，抬头努力寻找它们的影子。那秋千不安稳，不断地摇晃，整个星空在我眼里也跟着晃动，像极了很多酒醉的夜晚，我觉得那些星星都快被摇下来了。

青旅的院子里有个小酒吧，我常常是那里唯一的客人，下午就坐在里面，要上一瓶冰啤酒，很快会喝完，再接着来第二瓶。酒吧里没有空调，整个小镇都没有，这里的夏天很短，都被我赶上了，冰啤酒就成了消暑的必备品。我酒量还行，也不能喝太多，只是身体会越喝越放松，心里也跟着不再较劲，本来打开电脑想写点儿东西，可两三瓶啤酒下肚，就觉得一切也不那么重要了，就把文档关掉，打开介绍地球的纪录片，看各种生物在地球的偏僻角落里，千奇百怪地生活，想着人类的生活方式该算得上是奇怪的一种。

黄昏的时候，我要是喝得晕晕乎乎的，就会出去走一走，先往北，越过广场，到江边，也不为看什么具体的景色，只是看着那江水平缓地流淌，又似乎吵着要上岸，就感到安宁，像童年午睡时有大人守护在身旁的安全感。这时候的江边，也会有些水汽开始变凉，从脚踝往上钻，闭上眼睛，就能感受到那些水汽化作雾的形状，慢慢把我包围。

从江边折身往回走，走到小镇的主街上，天色又暗了一些，道路两旁的店铺都亮起了灯，可建筑都不高，于是那些灯光都像是被什么压低在了地面以上不多的空间里，没有太多的层次。

我通常会在街边的酒庄里买一杯蓝莓冰激凌，就坐在街边吃，看着小镇最热闹的时刻，都和自己无关；看游人们钻进一家家店铺，也有些人进去得早，已经喝多了，相互搀扶着摇摇晃晃地出来。

不知为何，每当我坐在那里，看着那些灯光，都会觉得此时是冬季。可能在我的心中，这永远是一座只属于冬季的小镇，在深邃的天空底下，有明亮的猎户座守护着，雪下了一季，就不想走了，人们在那样漫长的冬季里，用松木和炉火把日子都过得暖烘烘的。

我认为这世上每个地方时间流逝的速度都不一样，并不单纯是物理学上海拔高低所造成的微小差距。有时我们不看钟表也能实实在在感受到一种缓慢。

我在这里大概每天早上8点多起床，洗漱完毕便夹着一本书到门前的木椅上看，看几十页觉得有点儿饿就夹着书去几百米外的超市买牛奶喝，之后仍旧坐在椅子上看书。日光一点点地挪动，屋檐的阴影遮不住我了，我就回到屋子里，做一些杂七杂八都记不太起来的事情，然后阿姨招呼大家吃午饭的声音才会传来，往往那时，我已经饿了很久。

午饭过后我会睡一个午觉，每日都睡得昏沉，醒来差不多是下午2点，洗一个澡，夹着电脑去后院的酒吧，写点儿东西，喝点儿啤酒，看会儿书，看会儿电影，再骑车去四处转转，回来后还没有吃晚饭。

就算吃过了晚饭，这一天也才过去了三分之二，剩下的夜晚也难打发，我喝酒，散步，荡秋千，盯着夜空和行人发呆，想一些久远的人，幻想一些未来的事情。那时我就会想，如果每一天都觉得这么漫长的话，一辈子该多难熬啊。

对比一下，在城市的日子，每天醒来似乎还没做什么，天就黑了，再做点儿事情，就到凌晨了，总觉得时间不够用，也总觉得恍惚，倏忽之间，所有想抓住的时刻都逃掉了。

我想不透原因，因为做的事情都差不多，也许该怪城市生活太熟悉和雷同，在大脑里存储不下新的记忆？还是说在这里能把心多腾出些地方，放一些空闲？可想一想，这些也不是重要的，不是每件事情都能找出因由，虽然物理学的目标是完全理解发生在我们周围的事件以及我们自身的存在，但人的一生除了客观存在的东西，总会有些属于自己的事件，不与万物产生瓜葛，只是自己消受自己的欣喜、怅然、寂寥和苦难，以及某些微小的，如一片叶子落下时那微妙的触动。

可能没人会懂你的那一刻，但似乎也不太需要人懂，自己懂得自己才是这一遭人间闯荡最该优先学会的本事。

由于时光难耐，我试着去接触他人的生活，当我察觉到这一点时，我是有一丝恍然的，之前那个始终抗拒与陌生人接触，哪怕有善意抛过来也要躲避的自己，那个不喜热闹更乐意独处，或是哪怕喜欢热闹也要装作厌恶的自己，在某一个岁月的狭缝里遁隐了。

于是在那几个冗长的下午连着夜晚，我与店里的人玩起了扑克牌，玩起了桌游，还主动拉着老板喝起了酒。虽然到现在，我还是不知道他们大多数人的名字，却也不妨碍我们在那一时一刻里用愉悦杀掉时间。

酒吧的桌子上铺着一张中国地图，在玩牌的间隙，我询问大家都来自何处。地图上一个一个的点被指了出来，每张面孔背后就有更广阔的空间。组成一个人身体以外的部分，我都寻找到了一些真实的痕迹，人与人的相处，都是这么一点点试探着，侵犯着彼此的领域和隐私，互相才能变熟。

还好我和他们都还不是太熟，才能保持在一个安全范围内进行交流，不然很容易造成不快或尴尬。这世上懂分寸的人太少，不显露也算智者。我怕看到过多的真相，也怕瞥到人性的不堪，那样会让我在不舒服的同时，对"人类正在进化得更好"这件事上产生怀疑。

还好，都没有，我在这群人身上，仅仅瞄到了赤诚，我松了一口气。

他们自然也会打听我的生活、我的职业、我的某一些过往。我说了个大概，他们便知道了我在从事写作这么一个行当，其实细想也都是泛泛之谈，浅尝辄止的寒暄，不触及深刻，正如我对他们生活的探究一样，只触皮毛。然后大家就那么相互望着，保持着礼貌，或许会幻想对方的生活场景，但也只是想了一想，没有其他。

这一生，每个人的生活都是注定的，有的人会成为天上的一颗星，有的人一直是水中的月，有的人沉于柴米油盐，有的人踏遍万水千山，人们偶尔互相羡慕。

在我准备离开的前一晚，大家玩游戏到深夜，这里天亮得早，新来的小姑娘要去爬山看日出，好几个人响应，问我去不去。我本想去，可又想起要离开，便拒绝了。回到房间，我看了会儿书，睡不着，听到院子里他们已经准备骑车出发了，就把窗帘拉了个缝隙往外看，他们说着笑着乱哄哄地离开了。

我继续站在窗前，看着窗外的星空，它在黎明前最为明亮，我就想起一段话，却也不能完全记起来，打开电脑搜了一下，那段话来自《沉默的羔羊》那本书，是这样写的：

"他看看外面的夜空，笑了。我现在有窗户了。猎户星座此时已出现在地平线上，它的附近是木星，两千年之前再不会有比这更灿烂的时刻。我不打算告诉你现在是几点，那星有多高。但我希望你也能看到它。我们所看到的星星是并没有什么两样的。"

走失的旅伴

我退了房，准备离开北极村到漠河市区坐飞机，推着行李箱从房间出来，我就看到了她，二十几岁的女生，也推着一个行李箱，在和老板打听怎么乘车去市区，我插话说跟着我就行，我也去漠河。

从北极村到漠河市区通大巴，我们要到达漠河的时间都是下午三点多，她去火车站，我去飞机场，所以坐的都是中午十一点多那班大巴。我早起去买了票，她没买，我就带着她去了车站，在门口等她买票，结果她很快走出来，说票卖光了。

我之前几天在青旅见过她几面，说过一两句话，知道她是西安人，仅此而已。可当她吃力地提着行李从车站出来，面露沮丧时，我就有点儿心软，和她说要不这样吧，我把我的票给你，我再想办法搭一辆别的车。

她拒绝了，说也不能耽误你的事情。这时大巴司机过来，询问我上不上车，我们就和他说明了情况，他很仗义地把我们两个的行李都搬上了车子，让她坐在最前面司机旁边的座位，而我的座位在最后排。我上车后把之前青旅老板送给我的两瓶水分给她一瓶，然后我们就这么一路隔着整个车厢，没再说话。

大巴先停在了火车站，半个车厢的人都下车了，她却没下车，说时间还早，要在城区里逛一逛。我这时从后排挪到了第二排和她说话，第一排的另一个女生回过头来问我，这辆大巴到机场吗？我说不到，她问去机场怎么走，我说需要到城区再打车。她以为我和西安的女生是一起的，就问我们也去机场吗，我说只有我一个人去，她就顺势问我是几点的航班，我报了出来，结果我们是同一趟航班，当下便约定到了城区拼一辆出租去机场。

和我一起去机场的女生来自重庆，为了区分这两个人，我暂且用各自家乡的地名称呼她们。

大巴到了城区，我们三个人下来，看了下时间，都还来得及，也都有些饿，就说找一家饭店吃点儿东西。一路进了几家，我们都不太满意，三个人就边找边聊着天，说了些各自的经历，天南海北，都在北京混过一阵子，她们两个都在差不多一年前离开，重庆女孩回了老家，西安女孩想去秦皇岛找工作。

途中路过一家水果店，西安女孩要去买水果，让我们先走，她迟些再过来找我们，由于当时我们已经差不多找好了吃饭的地方，就在前方一百米的商场周围，于是告诉西安女孩我们俩在那边等她。我和重庆女孩到了商场附近，却又多往里面走了几十米才进了一家饭店，在里面边吃边等西安女孩，可是却怎么都没等来她。

我没有她的联系方式，重庆女孩说她可能迷路了，我们要是不往里面走这几十米就好了。我出去转了转，也没看到她的身影，想着我们就这么走散了，又不甘心，怕她一直在找我们，我俩就坐在饭店里一直等，等到不得不前往机场时，才打了辆车离开。

在去机场的途中，路过一座山脚下的广场，有一条台阶一直通向山顶。我没戴眼镜，隐隐约约看到靠近台阶顶端的位置，有个女孩一手提着行李箱，另一只手提着西瓜，在吃力地往上攀爬。

车子一晃而过，我和重庆女生说，那个女孩的背影太像西安女生了，她竟然也觉得像，我们对了一下特征，确定就是她，可那时车子已经驶出了很远，我们也要赶时间到机场，便没提回去确认的事。

我心里装着些满是不舒服的遗憾，脑子里全都是西安女生提着行李箱和西瓜到处寻找我们的样子，她拎着的那个西瓜，应该是想和我们一起吃的。我很想知道那个西瓜到底甜不甜，也想知道她没找到我们，是不是会难过。

我和重庆女生在飞机上闲聊，她的行程是到了黑河再过境去俄罗斯，和我的行程刚好吻合。我事先和那边的一家旅行社接触过，护照也传了过去，而她却什么都不清楚，我就给她介绍了一番，她便决定和我一起过境。下了飞机，我带她去旅行社办手续，准备第二天一早过境。

一切处理完已经是黄昏，我们回酒店各自休憩了一下便约着出来散步，在江边遇到扭秧歌的大爷大妈，她没见过，拿出手机拍照。江边有个露天浴场，很多人泡在水里玩，晚霞铺满半个天空，最后半圈落日映照着船舶上面巨大的吊车轮廓，让这温柔的景象里包容着一种硬朗的工业时代浪漫。

我在江边看得出神，她用手机和远方的朋友视频，说着家乡话，露出了异乡人的愉悦。我不知道自己在异乡时，是否也被他人看到过这种愉悦。有时候，我会把很多情绪隐藏在心里，但每有起伏，特别是快乐的时候，还是希望有人能够看到并真的理解。

离开江边，我们沿着小城的步行街闲逛，北方边境的几座城镇，透露出一致的天色，淡淡的，悠远的，似永远有凉风拂过。我们找了一个地方坐着，她看着天空抽烟，我看着四周店铺的灯光。灯光并不是很亮，人也不多，在我们身旁走来走去，这情境像某些电影镜头，有着人间匆忙的隐喻，我当时却没有捕捉到。

灯火辉煌起来后，我们去了小城最热闹的啤酒广场，好不容易才找到空桌位，点了些吃的，喝着扎啤。本以为很快会结束的晚饭，没想到酒越喝越多，话也说得越过了萍水相逢的界限。整个啤酒广场从人潮汹涌变成了只剩下三两桌醉酒的客人，店家全部都打烊了还不走，其中就包括我们。

后来我们终于从啤酒广场离开，已是深夜的光景，空气都凉了下来。我们到江边散步，她用手机放着音乐，江水对岸就是异国的灯火，也只剩下点点余温。我们找了把椅子坐下说话，具体说了些什么都已经忘记，大概是关于爱情，关于人生，在那样一个眯起眼睛路灯就晕开一片的夜里，什么都显得不太重要。

我心里一直有个声音，在头脑晕眩身体不受控制的情况下，那个声音一直都在。那个声音在说，人生难得有这么恣意的时刻，你终究会成为一个循规蹈矩的人，你的本性是无趣的，所以这种时刻往后会越来越少，你要记住此刻的感觉，不为什么，但你要记住。

隔天清晨被闹钟吵醒，只不过睡了三四个小时，我浑身是宿醉的难受。我们下楼吃了点儿早餐，然后打车到海关，坐船到俄罗斯。船开得很慢，我们在船舱里闲聊了几句。她问我，还记得昨天说了什么吗？我说不记得了，她说不记得也挺好的。

我觉得船舱里太闷热，就走到甲板上，清晨的风在吹着，同一片江水，同样的温度和涟漪，心境竟大有不同了。我看着那江水似乎又参透了些事理，凡事都是有界限的，昨天和今天，左边和右边，这里和那里，看似差不多实际早已大相径庭，有些事情过去了就是过去了，有些路走过就不能再回头。

船靠岸，入境，我排在前面，先过去了，又安检了行李，一切顺利，往前走到休息室等她，可她却迟迟没有过来。等了差不多有十分钟，我走过去想看看是怎么回事，可是面前有条黄线，工作人员不准我再跨回去，我也就看不到她。

在海关还有中国的通信讯号，我就给她发了信息问怎么回事。过了一会儿她打电话过来，说她的护照出了问题。因为某个空白页被亲戚的小孩写了几个数字，她的护照已经被工作人员扣下。

我待在这边不知道该怎么办，她说她和工作人员沟通一下，挂了电话。过了一会儿她的电话又打了过来，说实在没办法，就是不能入境，她必须坐船回去了。她的语气里满是遗憾，我提醒她可以回去办个临时护照再过来，她说算了，不想折腾了，又祝我玩得开心。

她挂了电话，我想过去看看她，还是被拦住了。我们就这样走散，和与之前的西安女孩走散一样，猝不及防。

朴树有首歌是这么唱的："这是个旅途，一个叫作命运的茫茫旅途，我们偶然相遇，然后离去，在这条永远不归的路"。

或许我们这一生，和很多人注定只有一面之约，但哪怕只是这样，我们也应该来赴一赴，因为只要是命中注定的，就都不算是遗憾。

这些我是后来才想通的。

就让我沉入这黑夜

夜晚，在俄罗斯的街边喝罐装啤酒，这是我一直想做的事情。

同行的导游提醒我晚上最好不要出酒店，街上不安全，这个国家持枪合法，抢劫时有发生，还有很多混迹当地的中国人，生活潦倒，专门抢自己国家来的人。

我点头答应着好的好的，可黑夜降临，酒店的 Wi-Fi 信号时有时无，电视里的俄语节目我也看不懂，趁着晚饭的时候在自助餐厅喝了几杯免费的啤酒，我便不管那些提醒出了酒店，在门前看到酒店的保安腰间也都别着枪。

街头很安静，有三三两两的行人，我准备到下午去过的超市买啤酒，我觉得那里的收银员人很好。下午的时候我买了一堆东西，结账时发现身上的卢布不够，差了很多，可超市不能刷银联卡也不能用手机支付。我很想买那些东西，找导游换钱，导游当时又不知跑到哪儿去了，我的手机也完全没有信号。

收银员是个大妈，和我讲俄语，我用英文告诉她稍等一会儿，她也听不懂，但她能看出我的焦急，示意要帮我把东西存在收银处，等我拿到钱再来取。我回了酒店，在前台借了电话打给导游，可电话打不通，我没办法了，只能坐在酒店大堂里等着，等了一个多小时，导游才回来。我和她换了钱，再去超市，发现收银员大妈还在等着我。我结了账，和她说 thank you（谢谢），她冲我笑了笑，我知道这回她听懂了。

夜里我再到那家超市。超市在地下一层，下楼梯后要穿过一片杂乱的商铺。这个时间商铺都关门了，地下通道中只有头顶的白炽灯不太明亮地亮着，我一个人走过去，确实觉得有点吓人，可还是快步前行，却发现超市也关门了，只有一个保洁员在拖地。我走过去时踩脏了她刚拖干净的地面，她狠狠地瞪了我一眼。

再回到街上，我需要另外找一家超市。俄罗斯近年经济不景气，加上人口少，哪怕是市中心的区域看起来也很荒凉，夜里还开着的店铺更是稀少，我走过三个路口才找到一家超市，途中遇到一群剃着光头、胳膊上有文身的男人，他们看起来已经喝多了，摇摇晃晃地大声说笑，我便下意识躲得远一点儿。

从超市买了几罐啤酒，出来后我想在街头找一把椅子，又走了很远，路过了公交车站的长椅，也路过了公园的长椅，都觉得不对劲儿，又路过了有着厚重铁门的地下室酒吧，看一眼就知道是旧时的防空洞改装的，有客人在门前吸烟，吸完了把烟头狠狠地扔在地上，又钻进了地下室。

最后，我在一个破败的喷泉旁边找到了一把椅子，喷泉已经不喷水了，池子里面堆放着一些石子砖头，对面是一家电影院，外观像极了小时候看到的剧院，没有霓虹，灯光也暗淡，有两个人小跑着爬上几十级的台阶，应该是买了票的电影快放映了。

这晚一点儿都不热，大风呼呼地刮着，我打开罐装啤酒，喝了一大口，从口腔到胃部都冰凉，街上一辆车呼啸而过，接着又静谧下来，有个穿着红色衣服的女人，站在不远的路灯下吸烟，有个大胡子老头手里拎着瓶酒，边走边自言自语。

俄罗斯是唯一一个让我觉得颓丧得理所当然的国家，漫长的冬季和浓烈的伏特加，广袤的土地和稀少的人烟，森严的制度和压抑的建筑，还保留着过去那个时代的影子。在这里，似乎所有的放肆都情有可原，都是为了抵抗那无尽的黑夜、寒冷和绝望。

这一切都让我感到另一种自在。

在这个夜晚，属于我人生中颓丧的部分通通跑了出来，这也是我这些年一直在努力对抗的东西，可此刻我避之不及，它们又把我的心绪占领了。在我喝下第二罐啤酒时，又想到了些关于人生有限且无望的事。

我们这一生，遇到的月亮，最好的也就是从海上升起照在床前；遇到的春色，再美也就是宛若江南；遇到的事情，最伤感的不过就是物是人非；遇到的人，最怕的也就是若只如初见。

这么想来，所有描写过的春花秋月，赞叹过的山高水远，歌颂过的此情不渝，演绎过的人间百态，通通都索然无味了。如《红楼梦》里的贾母，每一出戏文里讲述的故事她都能猜到结尾，那是岁月久长的睿智，也是见惯了生活的枯燥。时间到最后赐予我们的都是无聊的真相。

于是在那个夜晚，我生出许多晃荡世间的想法，不再去努力生活，不再去寻找温暖，也不再去给心找一个寄托。一个人，如野草般四处漂泊，和所有人都不用熟悉，无人牵挂，也不牵

Евро Ремонт
МАГАЗИН
КОМПЬ
КОМПЬЮТЕРЫ
*КОМПЬЮТЕРЫ
*КОНДИЦИОНЕРЫ
*ТЕЛЕВИЗОРЫ
www.amit.ru
533-000

РЫ КОНДИЦИОНЕРЫ СЕРВИС
Штрих
АМИТ
БЫТОВАЯ ТЕХНИКА
SAMSUNG
АРЕНДА
22-55-45
hp
lenovo
SAMSUNG

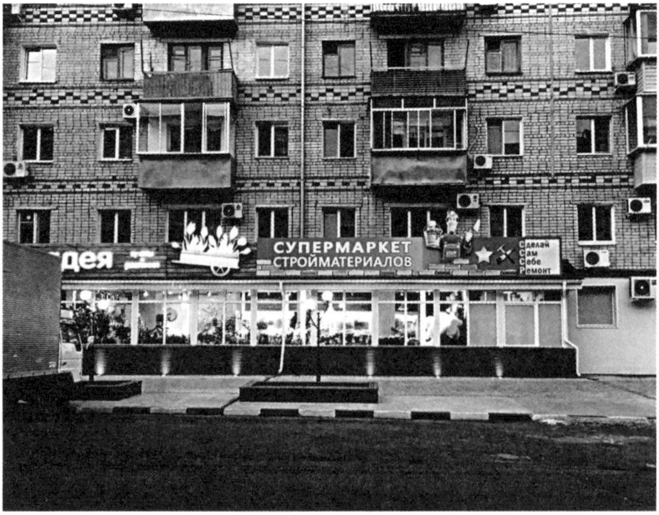

САНТЕХНИКА
ул. Шимановского 27, офис 101
ФАСАДА, ЗАБОРА.
АВИАКАССА
ТУРЫ
Режим работы
10-19

挂别人。做一份能养活自己的工作，喝一杯刚好能醉的酒，和陌生人彼此相拥一夜，不留下一丝情分，不孤独，不彷徨，不难过，来过，走过，看过，不留下痕迹。

就算死了也无人发觉。

那天我把所有的啤酒都喝光了，有些醉了，但我并不像往常一样难过，反而更通透了一些，不再觉得人生短暂，反而看到了漫长，也领悟了它的宽广。可以做的事情还有很多，哪怕不去离经叛道，哪怕仍然规规矩矩，还是有无限的事情可以去尝试。那些困扰我的关于年龄关于紧迫关于世俗的经验，通通在大风中消散了。

我摇摇晃晃地往酒店走，看到一位父亲在教三五岁的小女儿放烟花，砰砰砰的声音，烟花绽放，小女儿吓得坐在了地上，我蹲在一旁哈哈大笑，笑得也坐在了地上。

那一家人放完烟花，用奇怪的眼神看着我离去，那一刻我也忘记了心中的警惕与害怕，就想着管他呢，谁活着都是一辈子，谁怕谁。

人随云飘荡

从黑河前往五大连池的小巴车，我很幸运地买到了最后一张票，全车十几个人，我坐在副驾驶的位置，这是个沿途看风景的好位置，只是雨从昨夜一直下到现在。

可我并不担心，北方夏季的雨都不是连绵的，这一片云和那一片云也没干系，车开着开着就能逃出这一片下雨的云，云也不追。

我是在车上睡了一小觉后车才逃出雨天的，夜里睡得晚，清晨起得早，这一小觉也半梦半醒，眼皮上光线起了明暗的变化，我睁开眼，看到雨停了，荒野上空是低压的云层，铺陈到天边，透亮的白和深沉的灰掺杂在一起，圆润且饱满，随着风缓缓翻滚。

我近乎贪婪地看着那些好看的云，想起些潦草的事，也都一闪而过。这些好看的云，在接下来的几天一直跟着我，变幻成各种姿态，或替我遮挡阳光，或淋我一身雨，或高傲地孤独着，独自一朵待在天上。

在景区的酒店入住，连日地旅行，行李箱里实在再找不出一件可换洗的衣服，看到酒店的服务册上有洗衣的项目，便拨电话过去，客房服务人员却告知这项服务还没开始实行，告诉了我另一个信息：酒店对面有一家洗衣店。

我把要洗的衣服装进一个大口袋里，拎着出了酒店，过一条公路，穿过一片树林，又走了一段土路，才看到那家洗衣店。

洗衣店门开着，里面却没有人，我进去喊了几声，还是没人应，就只好回到门前观望。景区很小，邻里应该都很熟，所以才会有这种不闭户的现象。

我站在门前，躲在屋檐下的阴影处，看着面前不断走过的行人，猜测着哪一个会是洗衣店的老板。可等了差不多有十分钟，也没见到有人一脸歉意地走到店门前。但我也不急，这个下午本来也没什么事要做，最重要的事情就是把这堆衣服洗了。我干脆把衣服垫在屁股底下，坐下来等。

我至今还保留着些许童年的习惯，比如看到小飞虫第一个念头就是拍死它，看到动画片就总觉得到了晚上6点，在门口坐下时一定会抬头看天。于是，我在这家不知主人去向的洗衣店门前，看到了对面楼顶上一朵很标致的云，白得很彻底，却不轻飘，看着也应该积了很多的水，边角和中心都是滚圆的，是一眼就会让人联想起"白云苍狗"或是"闲云野鹤"的那种云。它缓缓地移动着，从楼顶的东侧往西侧移动，显出不关心人间的孤高样子。

我那时也不太想关心云的事情，只是呆呆地望着它，想着是它会先飘过楼顶还是我等的人会先回来，但这些也都不是什么真正重要的事情。

只是后来我才会意识到，我或许会在未来的某一天怀念这个无所事事的下午，最大的事情是洗几件衣服，却又闲散地去看那一朵云如何飘过楼顶，心中没有一丝可以称得上烦心的事情，涤荡得彻底，如云清白。

五大连池，顾名思义，有五个连续的池子，可这个"顾名思义"却陷入了正确和错误之间的模糊境地。这里是有五个连续的火山堰塞湖，但"五大连池"这个名字却并非来源于此，而是来源于满语，乌德林池，谐音就成了五大连池。东北有很多地名都源于满语，这里残留着那个时代最原始的痕迹。

在我登上山顶去看那巨大的火山口时，四周被平原和风包围，这一整片目之所及的地域，只有几座突兀的火山，在无限延展的空间里，显得那么矮小平庸。三百多年前，康熙皇帝得报，黑龙江腹地大地裂开，岩浆迸发，以为是天机是凶相，立即派官兵看守。那时，这里平整到没有一座山丘。

连续两年的岩浆喷发后，大地平静了，火山灰堆积成了现在的山丘，岩浆冷却后形成的火山岩，一路铺陈，所到之处，寸草不留，甚而影响了几百年后的今天，这里大多地方仍旧寸草不生。

如今站在这一大片黑色的火山岩中，似乎仍旧能感受到当年那方圆百里的人间炼狱。但也会想着，或许只有经过这种彻底的燃烧，才会留下叫作永恒的东西，人可能也一样。

面对望不到边际的黑色岩石，人难免会产生些绝望的感怀，如面对沙漠，或者海洋，人总是自以为伟大，又担心自身的渺小，而岩石所透出的毁灭气质，似乎更能击中悲观者，如果当初我们碰到了它，就会轻易地化作一缕烟。但它也是浪漫主义者偏爱的，此地如火星，如月球，如一切远离地球人间烟火的遥远地方，决绝的孤独，因没有空气，声音和心事都无法传播。

我在其中站了很久，夏日的空气在摇晃，我也因这壮观和诡谲而经历着内心的波荡，有难以描述的力不从心，难以言说的兴奋与痛楚，我总是在庆幸，又多看了一处世界的波澜，可也又担忧从此少了一份神秘。世界越来越透明，自己却越发乏善可陈，人生应该就是一个认识到自己平凡的过程，无可避免。

还好云在，如火山石的镜像，形状诡异，把天空堆积满，似海茫茫，白得不卑不亢，换给我些许勇气。我想要走得远一点儿，再远一点儿，这样的话，如果有人在出发之地看到我，那个虽然渺小，但靠近地平线的我，确是实实在在立在天地之间，立在黑白之缝，立在这混沌的尘世之隙。

听景区的员工介绍，在早一些形成的火山岩之上，其实已经开始有植被生长了，有一种火山石花，就长在火山岩上，很坚强地活着，却又很脆弱，只要空气质量稍有下降，就会凋谢。

这像极了人类，经历了几十万年的进化和演变，适应了严寒和酷热，逃过了猛兽蛇蝎，也抵抗住了自身的邪恶与毁灭，才短暂地成了地球的霸主，但刚出生的孩子却对外界没有丝毫的抵抗力,早夭的数量也到了近一百年才逐渐减少。

正如那火山岩上的花,我在网上都搜不到它们准确的名字,可它们就开在那里,顽强着,又易碎着,生生不息。

但愿生生不息,人类也是。

天气变化得快,当我从火山岩缓步往堰塞湖边行走时,天边厚重的云层压了过来,没有山体的遮挡,感觉是一块黑布从地平线上被生拉了上来。迅猛,迫不及待,摇曳荒草的风脾气也坏了起来,我的帽子差一点儿就被刮飞了。

我一直对坏天气,或是糟糕的自然现象充满好奇,童年每个狂风暴雨的傍晚,都会让我兴奋,看乌云压境,看闪电划破天空,看大风肆虐,听炸雷滚滚,一边恐惧,一边惊叹。如今知道那是恐慌,也是敬畏。

我走到湖边时,钓鱼的人已经在收杆,乌云盖过了半边天,最遥远处已经卸下了雨。那场面称得上壮观,天开了个口子,圆柱似的雨幕从上面落了下来,如原子弹爆炸时的蘑菇云,亦如科幻电影里的飞碟降落,一切都不是人间该有的样子。

湖边的人们都被这景象所震撼,纷纷掏出手机来拍摄,但只是几分钟,大家就觉得不对劲儿了,那雨的磅礴之势几十里外就已经能感受得到,声响和凉意同时袭来,有横扫千军的气势,于是人们迅速躲进了停泊在湖边的船上。

只能容纳十几人的船舱里，挤了几十个人，刚躲进去，雨就落了下来，湖面上立即升起了白烟，想再往远处看一点儿也看不到了。荒野都被白烟占领，雨落满了天地间。

接着竟下起了冰雹，船舱顶部的铁皮被打得噼里啪啦地响，如春节时的鞭炮，却不喜庆也不干爽，靠近我左边的玻璃被一颗很大的冰雹打出了裂纹，船舱里的人们发出惊呼。一刹那，我竟有了身处防空洞的错觉，每一颗冰雹都是子弹，玻璃替某个人挡掉了死神。

雨来得快，去得也快，世上很多事物都是如此，有漫长精心的准备，就会有依恋不舍的离开，如果凡事都无须等待，那所呈现的也只是潦草。

雨过去后才会开船，把我们送到湖水的另一边，那一边有通往一切繁华的公路，也有适合人类群居的场所。我想去捕捉一道彩虹，便钻出船舱，站在甲板上。刚下过雨，炎热的天气凉了下来，还有些冷，乌云没有完全散去，但看起来轻盈了很多，阳光仍旧被遮挡着，彩虹成不了形。

船开得很快，我把帽子摘了拿在手中，大风把我的头发吹得凌乱，我望着船开动时激起的水浪，船尾长久的涟漪，把倒映在湖水中的云搅乱。

"人生是一艘空船，空船去，满载明月归。"忘记在哪里看到过这句话，人生终极空荡的意义全都了然，可此刻却仍旧想做一个贪婪的渔夫，每天都驾着满载的渔船归来，有人迎接自然是好，有热菜热汤也不推辞，可如果通通没有，也会想着，"网干酒醉，洗脚上床，哪管门外有斜阳"。

在我从甲板踏上陆地的那一刻，阳光终于从乌云的缝隙中泻了出来，我回头望，一条一条的光线，把云和湖水都照亮了，我只看了一眼，就捕捉到了些通透的心境。

一定不能把人生过得干瘪，老了也不行。

任这路途漫漫悠长

我的下一站是伊春，从五大连池到伊春的客车宣传条幅挂在客运站外墙，我拨电话过去，却被告知至少还要等一周才通车，无奈之下，我只得买了去北安的车票，想着到那里中转。

第二天要坐车出发，我住的酒店离客运站只有五分钟路程，提前半小时退了房，又去洗衣店取前几天放在那儿的衣服，到洗衣店后，老板又不在，和送衣服那天一样，门开着，人不见踪影。

没办法，只能再等，只是这时的心境自然和送衣服时那个无事的下午不同。时间慢悠悠地滑过，我却心急如焚，老板回来时我那班客车已经出发五分钟了。

我在心里埋怨老板，可我也知道不能怪他，与闲散的人打交道，一切都要提前约定好，我只能怪自己。把衣服都装进行李箱里，再到达车站，我想买下一班的车票，却被告知今天的票全都卖光了，旅游旺季这种状况也是难免，我拖着行李箱站在车站门前，犹豫着是再多住一天还是想想别的办法。

这时，一个当地的出租车司机以为我刚下车，热情地问我，去哪个酒店？我说明情况，他想了想说，你去问问那些车主，没准儿有返程回伊春的。顺着他手指的方向，我看到停车场里停着一片私家车。

我踟蹰过去，对于搭车这件事，我还是有点磨不开脸。大多数私家车里面没人，只有边上一辆破吉普的后备厢开着，一个看不太出年龄但绝对不年轻的男人在往车里放一些线缆，线缆粗，得用肩膀扛。我走过去，想着是叫他哥们儿还是爷们儿，最后还是叫了大哥，问他去哪儿，他说去北安。我看了一眼车里是空的，有些喜悦，可还没等我开口他却先问了："你也去北安啊？"我急切地点了点头，他说："我不走高速，走乡道。"我猜他是为了省路费，就说，没事，我也不急，能到就行。

线缆装完了，他一挥手，"上车，走！"满是洒脱。我把行李箱放在后排，人钻到了副驾驶的位置上。

所有陌生旅程的开端都是沉默与尴尬，我们一开始也没说话，他一边开车，一边发信息，似乎在处理事情，等他终于把手机放下，我们早就开出了五大连池景区，再拐一个弯就下了乡道，路一下子变得很窄。

"你来旅游的？"这时他才说了第一句话。接着我们逐渐顺畅地聊了起来。

和陌生人聊天会有一种谨慎与放松并存的奇怪心境，似乎什么都能随便说，可又感觉最好什么都别说。我在聊天中一直寻找着这微妙的平衡点，时而觉得自己不够真诚，时而又觉得自己说得太多，总觉得搭车就该有责任陪司机聊天，如果表现出冷漠，怕会让人认为我不懂人情世故。

还好他的话并不多，时不时开口问一两个问题，也没什么关联性。车子在乡道上扬起灰尘，往大地的尽头进发，大平原的广袤在此刻凸显出来。从车窗望出去，绿色的田地没有边际，天空飘着不多的云，悠闲游走，偶尔有村庄在不远处隐现，也只是一闪而过，如果此时车里响起一首美国乡村民谣，也不会感到突兀。

车停得突然，没有什么预兆，他说，你等一下，然后就下了车，打开后备厢拿出工具，朝着车前的一根电线杆走去，我好奇，也下了车，站在不远处看他在脚上套上一个半圆环，三五下就爬上了电线杆，然后在顶端查看着什么，用工具拧了几下，接着又爬下来，收起工具，上车继续开。

我问了他几句才完全明白，他是电力公司的员工，工作就是检修这一带的电路，所以要走乡道。这个工作他已经做了十多年，这条路被他从土路走成了砂石路，又走成了混凝土路，再变成现在没人修补的坑坑洼洼，他看到了一条路的几世，自己的人生也过了一半。

车开到一个稍微大一点儿的村庄时，在十字路口边上停了下来，他说要吃午饭，我也跟着下车进了路边的一家超市。超市里有小饭馆，有三张桌子，都空着，他和老板打招呼，坐在其中一张桌子边，我也跟着坐下。我问，有什么吃的？他说，小地方没啥吃的，我吃啥你就跟着吃两口吧。

他没和老板说要什么，老板就开始往桌子上端东西，一点儿熟食，一点儿家常菜，还有剩了半瓶的白酒，一切看起来都应该是老样子吧。他把白酒打开，给自己倒了一杯，问我，喝吗？我说，你喝了还能开车吗？他说这条路闭眼都能开。我本是不想喝的，夏天里喝白酒太难受，但又觉得自己太清醒的话坐他酒后驾驶的车会紧张，便说可以喝一点儿，他给我倒了半杯。

那顿饭吃得还算香，或许是喝酒让时间流逝得快了，就觉得那顿饭吃得也快，似乎只一个晃神，我们就继续上路了。我猜自己肯定是喝多了，那酒的度数太高，半瓶酒的量明明不算太少，怎么走时就见了底儿？我似乎还抢着要付账，被拦住了，摸了摸兜，那被拦回来的五十块钱还在兜里，我在某些清醒的时刻回溯了这些。

再侧头看他，脸色红润了一些，神情惬意，嘴里还叼着一根烟。路不好，车子颠来颠去，我也要了一根烟，一边抽一边手动摇下车窗。风吹着我的头，我觉得惬意，忘记后来我们聊了些什么，我在大笑，身体被颠簸得大幅度晃动，烟又把我呛得大声咳嗽，烟灰落在身上，又被窗外热乎乎的风吹跑。

一切都不重要了，没有什么是值得悲戚与执着的，七月和热浪在窗外，早熟的稻子和被收割过的土地在天边，我乘着一辆叮当乱响的车子，有醉酒的司机与廉价的烟草，心灵被放逐在路上。我的灵魂跳上车顶，对着远方呼喊，肮脏的衬衣是旗帜。我的身体被一个欢喜填满，向前进，向前进，谁管那路途遥远，有没有人提醒你光阴紧迫，有没有人说过一万年太短，朝不虑夕？

我在这激昂的心境与松弛的笑意中，在这汗水混着灰尘的荒野里，没预兆地睡着了。

车进入北安城中，我才醒来，司机问我去哪儿，他可以把我送过去。我说去客运站，看看还有没有去伊春的车子。他却告知我，北安和伊春之间没有通客车，我诧异于两个相邻的市之间怎么会不通客车，得到的回答是高速路刚修好，客运在筹备了，要再等一等。

我一时没了办法，他和我说可以拼车走，我打听了一下价钱，能够接受，他就热心地帮我联络，得到的结果是，车子下午三点钟到客运站接我。我连声道谢，他却不以为意，把我送到了客运站后，他还有事情，就走了。没有什么正经的道别，就和相遇时一样，都是轻巧的随意，那感觉就像我们在往后的人生里还会经常遇到似的。

我站在客运站门前等候，还有半个小时才三点，一群老头在阴凉的台阶处打牌，一些小贩在卖瓜果，我却在这群人中看到了几个熟悉的身影。我走过去确认，没有认错，他们也认出了我。

这是一家三口，女儿大学毕业，带着父母旅行。我们之前在俄罗斯相遇过，住在同一家酒店，傍晚又在酒店的旋转餐厅里遇到，就拼在一桌吃自助餐。我当时喝了三种俄罗斯的啤酒，那位父亲在超市买了一小瓶伏特加，非要我尝一尝，我推脱不过，就喝了一点儿。

他们一家子，就属他爱说话。他们是邯郸人，女儿在哈尔滨上学，他说家乡话，我很认真听才能听懂。我们喝了一杯又一杯，座位从吧台旋转到窗边又旋转回吧台，他女儿和老婆爱吃冰激凌，拿了一次又一次，我最后喝得有些晕眩了，就一直听他说话，说的是什么也听不太懂了，只看着窗外异国的黄昏转为夜色，挺美的，也挺寂寞。

我们在北安客运站再次遇到，大家都感觉惊讶，他们要从北安坐火车去哈尔滨，接着就回邯郸。我们聊了几句，他们就急着离开了。看着他们拖着行李的背影，我恍然了悟，人生漫长，机巧太多，那些我们本以为注定只有一面之缘的人，在兜兜转转之间，秋风春雨之际，世界严丝合缝的运转之外，可能还会再遇到。

只是那时我们都还没有准备，这相遇突兀得让人无法做出完美的反应，可人世间最美好的相逢都是不期而遇，那些精心策划的相见倒少了真实的味道。

三点，车准时来接我，以这小城的生活节奏，这是给了我一个惊喜。我喜欢一切准时的东西，准时起飞的航班，准时到达的列车，准时下班的作息，准时回来的人，时间存在的意义就是摒除混乱，如果不遵守，那不如砸坏所有的钟，没了嘀嗒之声，还能得一份安宁，没了紧迫之感，还能多一份从容。

来接我的是一辆出租车，接上我后又去了市区另外两处接了两个人，然后往高速路的方向开，接着却在高速路旁的一处荒地停了下来，示意我们下车。真正带我们去伊春的车在高速公路上，为了节省高速公路过路费，载我们来的那辆车不过收费站，掉头接着往回跑。

我们三个人就穿过荒地，爬过护栏，上了车。车开了差不多十分钟，手机就没了信号，路上也没有其他车，路两旁长满了白桦林，我是后来才意识到，我们那时正在穿越小兴安岭。

我坐在车后座，身旁的男生已经睡着。他睡着之前，我们聊了几句，他在伊春上班，家在北安，每周都两头跑。前排的中年女人，她娘家在伊春，嫁到北安快 20 年了，这次是回去参加同学聚会。她的同学不断打电话催她，她就说，快到了快到了，你们先把菜点上，我马上就到。

她说的"马上就到"，也还有两个多小时的路程。她说现在通了公路方便多了，以前都要坐火车，又没有直达的，需要转车，还走弯路，要七八个小时才到，言语中有着对生活改观的满足感。

我们随意聊了几句，就没了话题，司机也不爱说话，剩下的路程我们三个人就保持着沉默，只有身旁的男生偶尔传来几句呓语。

中途来到了一处服务区，大家下车去洗手间。服务区的房子应该是新建没几年的，却疏于维护，墙皮斑驳脱落，空地上长满了荒草，只停了我们这一辆车子。服务区的洗手间隔间大多都坏掉了，洗手台也只有一个水龙头能用，完全看不到工作人员的影子。走廊有一个小卖部，我想买瓶水，却没有售货员，司机站在门前帮我喊了几声，才有一个老头从后面的房间里走出来，给我拿了瓶矿泉水，还帮我吹了吹上面的灰尘。

我们继续上路，司机想加油，却不去加油站，而是拐进了途中一个小镇,又左拐右拐到了一个破旧的仓库前。那里停着一辆装着油罐的卡车,油罐上面接了个管子,就这样把油灌进油箱。在加油的过程中,司机还一手拿着管子,一手夹着烟。

司机说在这里加油比在加油站便宜,其他的也没多说。前座的中年女人却和他聊起了做"卡车加油"这种生意的可行性,最后得出了"无论做什么,上面一定要有人"的结论。他们似乎达成了共识,笑了几声,又叹了口气。

手机出现了信号,这说明我们已经靠近市区了,这条荒芜的公路就快到尽头,我们四个就要分离了。一起赶了一段路,接着又要做各自生活中的赶路人,或是飞机上的常客。

中年女人有老同学等着,身旁的男生睡醒后也接了个电话,约了晚上的酒局,司机不爱说话,不知道有没有人在等他,而我今天的路程还没有结束。

司机把我送到了客运站,我坐上了当天最后一辆大巴,继续向小兴安岭腹地进发,还有120公里的路程等着我。

那时夕阳照进车窗,照在我身体上,我有些困倦,就闭上了眼睛,身体跟着车厢晃动,疲倦已夺走了我的思想,任凭这路途漫漫悠长。

我在将睡未睡之际,脑子里一直盘桓着一首诗中的几句:"我冷眼向过去稍稍回顾,只见它曲折灌溉的悲喜,都消失在一片亘古的荒漠，这才知道我的全部努力，不过完成了普通的生活。"

据说这是穆旦将死时写下的诗，我在此刻想起，应该也包含了某种隐喻，只是此时我还无法捕捉到。

好风长吟

大概是从开始写作那时起，睡眠就变成了一件脆弱的事，我也因这份脆弱而认真且小心翼翼地对待起它来，在无数个失眠成瘾的日子里，睡个好觉成了愿望，也成了恩赐，是不能强求的。

这其中的痛苦和无奈，与生活细枝末节的艰难一样，都是无法言说清楚的，懂的人自会感同身受。

到达小兴安岭腹地这个山坳里的小镇时已是夜里，我之前在网上搜索到的宾馆距离下车的地方太远，我提着箱子懒得再走了，就在附近随便找了一家旅馆。老板娘人很好，说我一个人，看着也挺干净的，就把一间家庭大套房以单人房的价钱给了我，房钱便宜得惊人。

我洗了个澡换了身衣服就出去找吃的，这个时间小镇大多地方都关门了，只有些夜间烧烤店还在营业。我又不想吃烧烤，就进了一家比较大的超市，却被告知已经关门了，几个营业员在打扫卫生。可是我又遇到了好心人，有个阿姨说让我进去挑东西，不过要快点儿，她拎着购物筐跟在我身后。

这样，我虽受了好意但又有了压迫感，便随便买了点儿东西结账走了，临走时她问我是不是外地人。这些年我到处走，乡音早就变了样，也懒得解释，点点头离开了，一出门就遇到了乍起的大风。

风把我手中的塑料袋吹得哗哗响，T恤紧紧地贴在身体上，头发早已凌乱。我有些艰难地迎着风往回走，风便浩荡地穿过我的身体，没有夹杂沙子，也不寒冷，一整个夏天的清爽都夹带在里面，让人沉醉。

回到房间，我简单地吃了点儿东西，困意便袭来。房间里还是有点儿热，这里的夜晚没有空调，也没有蚊子，我便把窗户都打开，风就灌满了屋子，还有随风飘进来的老歌，像是来自某个中老年人的聚会，那久远的旋律随风飘荡。

我在这样的风里睡下，临睡前还看到了窗前的新月，弯弯地照着河流，有了亘古的吹像。

一夜无梦，我被窗前的鸟叫醒，被清晨甘甜的空气润了鼻子，风已经止了，日光还没来得及倾泻全城，慵懒清澈都复原到身体里。

我竟不知不觉且没有预期地，在这儿睡了一个几年没有过的好觉。

下楼吃早餐，顺便和老板娘打听去红松林国家森林公园的路线，老板娘好人的本性又凸显出来，说去国家森林公园有十几公里的路程，只能包车去，一般是连去带接60块钱。我说可以，你能帮我找到车吗？她说行，我帮你找人家就收你50。

她让我等一会儿，便打电话叫了一辆车来，是一辆很豪华的越野车。我上了车，付钱给司机，给了100，他却找回40，我正要问是怎么回事，老板娘就从屋里跑出来，冲司机喊："你收他50块钱，别收60。"司机听了有些不情愿，又给了我10块钱。

到达国家森林公园门前，我和司机交换了电话，他让我出来时给他打电话，他来接我。

国家森林公园比我想象的要大得多，我先是偷偷跟着一个团队走，听导游讲解，之后又跟着他们登上了观光塔，在百米高处俯瞰整片林海，那壮阔才在心里有了概况。

或许是大地的辽远，或许是万物的灵性，或许是人迹的罕见，或许是视野的无边界，也或许这些全部都有，在这趟旅程中我无数次地感叹自身的渺小，却又在心里感受到生命的广博，小我与大我都是只存在于自身的境界里，在这其中体会到的所有，逐渐接近旅行与生存的本质。

包罗万象，也空空如也。

后来我与那个团队走散了，在一个岔口，他们向右，我去了左边，想着沿着这石阶走，肯定是走不丢的，有路的地方，就一定有归处。可我却越走心里越不安，这路上始终只有我一个人，路偶尔被倒下的树拦住，偶尔有一两只松鼠穿过石阶东张西望。

我大约走了快一个小时，还是没能看到之前上来时游览车开过的那条大路，想掉头往回走，又心有不甘，便硬着头皮继续向前。连续爬了很多段台阶，我渐渐觉得自己快到达山顶了，可目光却被周围茂盛的树木所遮挡，手机也没有信号，我彻底迷失在这森林中。

我找了一处干爽的石阶坐下休息，抬起头看树木向上生长，葱茏地遮蔽住大部分的天空，只剩下头顶一块三步宽的天，还清爽地蓝着。那里有云，带着风，我心中的不安，瞬间荡然无存。

忘记风是什么时候起的，还是这山中的风从来都没有停过，从隆冬腊月一直刮到三伏天，从一株草拱破泥土到一片叶子落下在泥土中腐烂。似乎这天地间的生灵都把自己交给了风。它带来了雨季的温润，也带来了西伯利亚的寒流，万物摇曳着生长，摇曳着枯败，松鼠侧着头听远方的麦子熟了，候鸟从南方带回来新鲜的消息，有个老人伐了一辈子的木材，夜里还能听到锯子和木头摩擦的声响，一条河流从山谷里走出，穿过平原，流向大海。

这些都是风传递的。

我那时困倦得想要坐着睡上一觉，也是风摇晃着，不让我睡着。它昨夜给过我安稳，此时却让我清醒。

那天我最后还是走出了山林，只是又多走了一个多小时，终于听到了瀑布的声响，人总是择水而居，我顺着水就找到了人，也找到了归路。

回到小镇时已是傍晚，厚重的乌云从西边压过来，一场雨眼看着躲不过了。宾馆一楼有一处酒吧，我坐在靠窗的位置，看窗外一条小河，带着忧愁横穿小镇。

酒吧里只有我一个客人，我点了一杯啤酒，老板娘不在家，只有一个老太太在酒吧里看守，她走路已经非常缓慢，给我拿过啤酒后就坐在我对面的酒柜旁，侧着头看窗外，嘀咕着要下雨了。这种自说自话，总是发生在老年人身上，她看着窗外的眼神满是空洞，那是一个人抵抗百无聊赖余生的方式，我只看一眼就读出了寂寥。

几道闪电、几声闷雷过后，雨就落了下来，雨滴拍打在玻璃上，吵着要进屋。老太太起身拿苍蝇拍想打掉玻璃上的苍蝇，动作太慢，苍蝇跑掉了。雨水落进河道里，消失了踪迹，下游却涨水撑起了渔船。雨水落在屋檐上，又汇成雨帘落在我眼前。

童年的很多个雨天，我都是数着雨帘盼着天晴，也盼着快些长大，能披着蓑衣栉风沐雨。转身间我满足了愿望，却又污泥满身，一身疲惫。

所有的愿望最好都能实现得慢一点儿，我才能多思考一会儿：这愿望是不是真的？

忽然而至的雨走得都爽快，我杯子里的啤酒喝光，雨就停了下来，趁着天还没黑，我想出门走走，刚打开门，就被风撞了个满怀。那风还浩浩荡荡地，在努力吹散乌云，散不了的，也被成群地赶走。

我沿着被洗刷干净的街道随便走，小镇透露出雨后的宁静气场，那条河流里面也有云，在顺着流水飘走，那屋檐下也有风，燕子倾斜着身体飞回窝里，我这趟旅行也快结束了。

有时，看到过所有的无常，也会遇到所有的荒凉，但我还是习惯到处走走，想起你还在这世界上，就把路走得仔细了些。那些到不了的地方都是远方，也包括你的心上。

而此刻，就让这好风再多吟唱一会儿吧。

匆 匆

小时候的傍晚，电视里会准时播放一档少儿节目，叫《小天鹅》，播放时间在《大风车》之前，是地方台的节目，主题曲我还记得几句："小天鹅在春天长大，长成妈妈，长成妈妈一幅画……"

那时并不懂这个节目为什么叫《小天鹅》，只是每个傍晚守在电视前看着，它陪伴着我度过了很多个黄昏。后来懂事一些，对事物也留心了些，才想明白这名字的来历，只因黑龙江省的形状类似天鹅。

那如今我这一圈的行走，也算是在天鹅顶上游荡了，一下子就充满了浪漫主义色彩。迎着风，脚下一片洁白，却又柔软温润，都是故乡的底色，晕染上了些许离愁。

最后还是回到老地方。故乡的山川水流，多年不见，仍旧安然。老家的房子，东倒西歪，荒草满院。

每次回到这里，我总还是恍惚能看到幼年的自己，满头是汗地奔跑在夏日的尾巴上，似在追逐太阳，也似漫无目的，但他却一直在那儿奔跑着，不知疲惫。他有时也会停下来，坐在门前的柳树底下，悠悠地望着夕阳落下，眼神里有了些那个年纪不该有的忧愁，要到多少年后他才明白，那是上帝在指引他一条路。

阿多尼斯曾写过："你的童年是小村庄，可是你走不出它的边际，无论你远行到何方。"

这句话我到现在才明白。

老家没有什么大的变化，这让我有种罪恶的欣慰，我很害怕它跟上这个时代的步伐，每时每日都在拆旧换新。我害怕它不再是我记忆中的模样,让我的乡愁无处安放。

这里的人看上去也没什么突兀的变化,少的在长大,老的在老去,中间的过着一种相对安逸的生活,看不到生活的乏味和命运的跌宕。

我和家人朋友聚在一起,喝很多的酒,很大声地开玩笑,打整夜的麻将,我似乎在这里才触摸到了生活的本质,是实在的酒肉,是真诚的欢喜,是万物仍旧的理性,是一生何求的踏实。

可当一切热闹都散去,我又能在那余温里,冷静地捕捉到生活的硝烟,以及勉强和麻木,这是我看到的另一层真相。

我的几个同龄朋友,都拥有了简单的生活和一儿半女,这是他们一直追求的日子,不见抱怨。他们眼里有了些岁月的重量,却再也看不到过多的欲望。我们在一起,聊到很多过去的事情,那些年少的岁月还历历在目,却也遥不可及。

某天凌晨两点多,我饿了,朋友骑着摩托车带我出去找吃的。街上所有的路灯都已经熄灭,只有零星的一些光从小旅馆的窗子透出来,我坐在摩托车的后座上,风吹在脸上,身子摇摇晃晃。

我之前的酒还没有全醒,一切的感受都轻飘飘的。朋友说你坐稳了,别掉下来,我答应着,嘴里却在哼唱着一首歌:"初看春花红,转眼已成冬,匆匆,匆匆……人生啊就像一条路,一会儿西一会儿东,匆匆,匆匆。"

匆匆。

所有的江河都会入海

一

是早春的时节，北方的草地上还没有新绿，再往北的地方偶尔还会飘起大雪，但泥土已经松动，空气中的凛冽里掺杂了些温润，南方的大雁也准备启程北飞了，只等着领头的拍拍翅膀。万物也等着复苏。

就在这个时刻，她被闹钟吵醒，闹钟响第一遍时就被她按下了，她睡眠浅，也可能早就醒了在等闹钟响，但起床不能随随便便，按下闹钟就是种仪式感。她刷牙、洗脸、坐在马桶上发呆，看手机里的天气预报，看窗外的天不太蓝，便找了一件长袖外套穿上，出门下楼，转过一个街口，吃单价都是一块钱的豆浆、油条、茶叶蛋。油条里有根头发，她看了看老板娘穿的衣服还是昨天那一件，也是前天那一件，套袖早就油亮了。她把头发弄出来放在桌子上，继续用油条蘸着豆浆吃，豆浆不太甜，她又加了半勺糖。

她把最后一口豆浆喝掉，这一口最甜。她把钱放在桌子上，起身走回自家小区门前，班车正好开过来，停在她身边，开门的声音像喘了很大一口气。她上了车，有三个人坐在上面，不算司机。本来应该有四个人。

　　"刘姨呢？"她问道。

　　"刘姐内退了，去海南看孙子了。"回答的是赵姨，之前听说赵姨也要内退了，却只听见风声，迟迟未见动静。倒是刘姨走得突然，她想着以后可能再也见不到了，虽说不交心，但天天坐一辆班车，几年下来，还是有感情的，心里难免有些不是滋味。

　　她坐在后排靠窗的位置，看到风里有路人乱了头发。

　　班车摇摇晃晃的，却从未迟到，也没早到过，车上人越来越多，却也从未填满过座位。她夹在人群中，从车上下来，一起涌向那座石油公司的大楼，也就隐藏了自己独立的属性。风还是有些凉，她小跑了两步，算是对生活最积极的回应，在玻璃门中一转，就没了影子，那门还在转啊转的，映出一些早春的景致，多属于灰败。

二

　　他此刻躺在软卧车厢里，本想认真睡一觉，却不知怎么只睡了一小会儿便睡不着了,可能因为阳光正好照在床铺上,窗帘也挡不严。也可能是火车摇摇晃晃的声响过大,他越来越不喜欢吵闹。他起身走出包厢,去车厢连接处吸烟,很久没乘坐过普通的火车,连能在车上抽烟这事儿都充满了似曾相识的新奇感。

他点燃烟,深吸了一口,看窗外平常的景色有韵律无规则地浮动着。几个小时前,他还在和朋友喝酒,喝得有些多,感觉地面不平,磕磕碰碰,摇摇晃晃。他把朋友送上了出租车,出租车去机场,朋友将去美国。

他回到家里,躺在床上睡不着,觉得自己也该出去转转了。刚交了稿子,开会要在两天后,他展开地图,两天的行程,不想坐飞机,最近耳朵不舒服;高铁也算了,不让抽烟,最近烟瘾重,能选的目的地不多。他画了个圈,查了下车次,票就订好了,胡乱收拾完行李,就直奔火车站。

那时天还没亮,城市中是黎明前的寂静,可也已有了些烟火气,等上了火车,东方就泛白了,他蜷曲着身子睡下,软卧包厢里就他一个人,他在入睡前闪过了个不太舒服的念头:这辆火车可能也撑不了太久了,能抽烟的火车都在慢慢消失。

他在车厢连接处抽完那根烟,火车停在一个小站,再回到包厢时,已经有一个中年男人坐在了对面的床铺上。他们就在各自的床铺上半躺着，一个脸朝门一个脸朝窗地聊天，只聊了几句，他便觉得没意思。中年男人觉得能坐火车软卧的都是高贵的人，还说自己一定要生儿子。

他触碰到了对话的局限，层次也偏低，不足以打发无聊，便拿起身边的书来看。书是临行前他随便塞进包里的，叫《人间草木》，本以为是讲人间，可看起来却只讲了草木，花花草草讲得零零碎碎，却也还算有趣，有扩充知识面的作用。中年男人还是有自知之明的，不再强行和他说话，光这一点自知便显珍贵，可等火车经过一片墓地时，墓碑排列整齐地从窗口滑过，男人又开口了，只一句，"我年轻的时候当过墓地管理员"。

这句话有了辽阔感，是隶属于人生的千回百转。他把目光从书上挪开，想着怎么去接这句话才像是认真而不只是狭隘地好奇，可中年男人已蜷曲着睡下，这话倒更像是自言自语。

他又看了几页草木，困意缓慢地袭来，闭上眼睛之前，窗外的景致也没什么太多的变化，起起伏伏。

三

她坐在资料室靠窗的那张桌子前。桌子是在行政处领的，她在仓库里挑选了很久。她知道，这桌子没准儿就要用一辈子。现在三年过去了，桌子看起来还挺新的，只是资料室越发昏暗，不知是窗子老了不透光了，还是陈年的资料架太吸光，她看到有灰尘在浮动，听到同事的笑声，没来由地闻到了腐朽的味道。

同事是个中年的阿姨，在用 iPad（苹果平板电脑）看剧。阿姨不爱宫斗，偏爱偶像和仙侠，有时还会莫名其妙地练上几招，身上有种不适宜的动荡。两人虽坐在一处，相隔仅两米，但阿姨从来都不叫她一起看，像是怕把 iPad 分去一半，或许也只是存心不想与她分享快乐。她们同处一室，却过成了两个世界。

她最近也试着在给自己找些爱好，以前她爱玩手机游戏，后来觉得没什么意思，并不是怕浪费时间，她有大把的时间要浪费，只是单纯地觉得这游戏玩到头又有什么在等着呢？她也试着去看一些剧集，有喜欢的也有不喜欢的，大多也勾不起什么心绪上的波澜，没什么代入感，能明确地抽离出来，眼睁睁地看别人的人生，想着，算了，反正是假的，反正和自己无关。

她没有察觉到，自己已经对生活失去了兴致，虽有点儿可怕，但不值得悲哀。她或许也已经察觉到了，于是便试着去找些新花样，把时间浪费得漂亮点儿。她拿起圆珠笔，蓝色的，对着教程学画画，一个点一个点地点，情绪就容易烦躁，动不动就不耐烦了，心里一股没来由的火，手来回用力三五下，把画纸划开一条条口子。

她转头看向窗外，中午的街道上没有太多的人，三楼食堂的午餐就快熟了，身后的阿姨还在咯咯地笑，女主角被男主角抱着尖叫。另一边是满架子的资料，陈旧的比新鲜的多得多，几十年的事一个屋子就装满了，自己这二十几年的日子，一张纸就写完了，就同那圆珠笔画一样，一个点，一个点，看似繁缛密麻，实则都一个样，科学家说任何一个原子里都有一个宇宙，她觉得就算有也是贫乏的，况且她对此并不认同，她不想故意用臆想去美化一切，就算是科学也不行。

12点的时针越过线，阿姨起身伸懒腰，终于不再笑而是说了话："吃饭去啊，听说今天食堂做回锅肉。"她说："你先去吧，我一会儿再去。"阿姨就走了，她又坐了一会儿，也不知在等些什么，再往外走，上到二楼突然又转了下来，一路走出大楼，在门前望了望，一辆公交车停了下来，她也没看路线，随便就上了，随便带她去哪里。

四

他醒过来，这一觉倒是睡得平稳，对面的中年男人已经不在了，不知是在沿途哪一站下了车，他似乎在梦中也听到了咣当的关门声，只是还不足够把他吵醒。他看了眼手机，没有来电，也没有信息，这个世界暂时不需要他，手机上的时间倒是在提醒他快到站了。他简单收拾了一下背包，又去车厢连接处抽那戒不了的烟，满嘴的滋味都不对，车又摇晃了两下，就到站了。

虽是个小站，但车站并不小，也不破败，反而大得有些恢宏之象，处处透着新生建筑的不圆润感。只是人稀些，三两个出站，三五个进来，就有了种盛大过后的凄凉，像极了某些苏联时期的遗迹，透着些空旷的压抑。

出租车不排队，胡乱地停着，他上了一辆。他没有具体目的地，总之先往城区中心去，那里人多楼多吃的多。在火车上时他就早早地饿了，可只有泡面可以吃，他又不爱吃泡面，掀开盖子那一瞬冒出的热和味道，总让他联想到"苦难"二字，加了卤蛋和香肠也不行，没有具体缘由，就是不喜欢，可能是曾经吃得太多，也可能是曾经求之不得，但不管哪种解释，似乎都拉近了他与苦难的距离。

回忆有时具备美化的功能，同时具备了对不幸的放大，他不想去层层剥解这其中的缘由，单纯的生理指引就够了。所以他奔向繁华，吃了一顿还能过得去的饭菜。

胃口得到满足后，他才重新思考起此行的目的，用手机搜索了一下租车公司的地址，找过去租了辆车。租车公司要先将车加满油，载着他过去，却不是到加油站，而是去了私人的小作坊，院子里躺着两个大油罐，接出根管子。他下车躲到一旁，对巨大事物的恐惧，总让他觉得油罐会爆炸，连根烟都不敢抽，还想去抢别人手里的烟。

他虽是鄙夷大多数规则的人，但在那一刻却渴望世界有那么点儿强硬的规范。好在一切坏事都没发生，他开着车，除了闪过窗外的低矮房屋，还闪出了这么一个念头。

低矮的房屋代表着他已经开出了城区，再往前，就是更多的荒芜。公路平坦，没有人烟，血液流到胃部帮助消化，他就有些困了，点了根烟提神。窗户摇下，干燥的春风钻了进来，带着季节特有的味道，干草和土地混淆，河流的凉，枝叶的初生，嗅一下，一路春光。

五

她最后一个从公交车上下来，在一棵大树下。树旁有排平房，司机从里面提了水出来擦车窗，她沿着公路继续向前走，也不确定要走到哪儿去，大概有些隐约的方向。

越走越远，身后的公交车掉头离开，风把脸吹得有些干燥，头发也随着动，路似乎怎么也走不到尽头，但终究会有尽头的，她这么坚信着，于是遇到了一条河，然后是一片潮水退去的荒地，再接着是一片海。

这景色她应该遇到过，可好多年没看过了，记忆最深处的一团金黄又冒了出来，那是秋天的颜色。芦苇荡漾到夕阳边，河水缓缓注入大海，没有激流，没有浪潮，一切都平静得如同早晚两时的湖泊。

两方水的融汇和两个老人的相遇，都是苍凉又温润的事，万千激浪与感慨都已过，身前身后事都不必提。

　　她在风中眯着眼睛，人在某时能看到过往的景象，恰似时空错乱中的回望：大人牵着小女孩的手，去看天边开来的大船，那是个指头大的白点，行在万顷波涛上。头顶掠过黑色飞鸟，半个翅膀落下的影子罩住她全身，声音也跟进来掺和，几十种虫鸣鸟叫在树间草丛芦苇荡里传递，像是在急着告别，只因那是秋天。

　　而此刻，即将春深似海，却为何死寂一片？她看不着飞鸟，也听不见虫鸣，只有那河水还在亘古不变地流动，而海面已退成远方的一条线，中间空出的沼泽风干成一片荒地，布满低矮的蒿草，一把火就能烧到天边。

　　她突然感受到某些更远古的悲哀，但在这悲哀中又萌发着一些初生的动容，是一团死灰后重燃的火种，也是大雪无痕里的一团新绿，但和新生无关，和醒悟也无关，她只是明白了些隐约抓得住的模糊道理。

　　这道理让她终于松了一口气，之前生活中所有觉得不对劲的习惯，看不惯的态度，想要有所抗争的念头，通通都找到了原因。是她不愿臣服于这千篇一律的生活，她想要反抗。

　　而在此刻，她懂得了反抗的无效性，也因此推理出人生得过且过的真相，她终于能理直气壮地放过自己了，日子照常过，人生的尽头殊途同归。

她难得地笑了。

六

车子已无路可走，公路的尽头大多是一片荒地，就像江河的源头大多是一片冰川，没有什么新奇的。他熄了火从车上下来，脚下的土地比他想象的要硬实。落脚激起灰尘，土地已干涸了很久，铺连到天边的杂草就是海平面退去多年的证据，有些植物不是一年生的，他认得。

他沿着这片荒地往前走，轻易就感觉到了遥远，如立在天地中央，回身已看不到车子，但他并没有认为自己是迷路了，当没有路时，怎么走都没有错。方向也没有错，那一轮夕阳比他的脚步更缓慢地落下，像是在等他，他猛地就有了些豪情在胸中荡起。

要看一次日落长河，这是他来此的目的，一点儿实际用处都没有，但人一辈子，总要做一些没用的事情，来打发漫长的时间，来抵抗终生为生存觅食的动物属性。

"目击众神死亡的草原上野花一片。"他脑子里猛地冒出这么一句诗，可这里并没有野花，春风也没能让人迷醉，但还好再往前走几步，脚下的土地就变得凹陷，是湿润在作祟，是靠近水源的证明，抬起眼，就看到了那一条流淌千万年的江河，平凡得都不太真实了。

而夕阳，将要在水面上陨落，远古的智人在草原上猎杀狮子时，某个偷懒的人，也看到了这个景象，走了个神。夜晚这人睡不着时，起身把这景象画在石壁上，才得到了宁静。

所有令人沉迷的风景，都有被他人看腻的迹象，何况这个景象不稀奇，也不壮阔，甚而也没有时效性，就一直在那里，对每个人说"欢迎光临"，他猛地也觉得没什么大不了了。他没有任何贬义，他不是朝三暮四的人，对风景对人都不是，他就是猛地对人事又看破了一层。

他转了个方向，与河流一起往前走，太阳被抛在身后，影子要比身高长出许多。这样走着，三五步影子就有了陪伴的意味，再多走一些，影子仿若已踏过平原，穿过山谷，蜿蜒过丘陵与盆地，一切奔涌都该到了尽头，尘世也都有了结局。

再也没有能容下他脚步的土地，他只能送到这里，如同目送恋人般，遥望影子融入海洋，从此与自己再也无关。

还要看一次江河入海，这是他来到这儿的第二个目的。他想要看一些具有宿命感的事物，好开解自己，让某些人的离去归属到不可逆转的命运中，这样日子就能好过点儿。

看过之后，他也就可以坦然。有的人如同候鸟，只要肯等就会回来，但有的人却如流沙，在南方堆积起一千个小岛，没有一个属于你。

　　他不去看海面，而是抬头去寻找飞鸟，听说飞鸟都是在江河入海时回来的，有一些也会守候寒冬，只可惜，他一只也没看到。

七

　　夕阳只剩下一条缝隙，他往回走。车并不难找，他把车开回公路，再一路往回开。他又点了一根烟，把车窗打开，早春的黄昏，凉意还有底气，难怪野花还不愿开放。

　　他隐约看到前边有个女孩在走路，走得很缓慢，天黑了也不急。他按了按喇叭，女孩往路边躲了躲，两人在这一瞬间，透过落下的车窗互看了一眼。

　　他没有放慢车速，女孩也没有招手搭车，他们只是打了个照面。

作者介绍

吴忠全,青年作家,第二届"THE NEXT·文学之新"全国亚军。已出版小说《桥声》《有声默片》《单声列车》《等路人》《失落在记忆里的人》等,获著名导演宁浩、作家郭敬明、制片人叶如芬赞誉,称其文风有大小说家气象。长篇小说《失落在记忆里的人》即将搬上大银幕。